蛇笏・龍太の希求

四季の一句

福田 甲子雄編著

山日ライブラリー

八方の嶽（たけ）しづまりて薺（なずな）打（うち）　蛇笏

山国の七種（ななくさ）を祝う行事の支度である。盆地をめぐる八方の高山は銀雪が輝き静寂さの中にあるのは、早朝であるからだ。正月七日なずなを摘んで刻むときに、右手に包丁、左手に杓子（しゃくし）を持ちなずなに呪文（じゅもん）を唱えてたたく。句集『家郷（かきょう）の霧』より。

昭和28年作

薺粥（なずながゆ）仮の世の雪舞ひそめし　龍太

薺粥は七種粥（ななくさがゆ）ともいって正月七日の朝に食べると万病が除かれるといわれ、平安時代に宮廷で行われていたのが一般に広まったといわれる。現世は仮の世であり雪が舞いだし、薺粥の始まった世へと招く。句集『今昔（こんじゃく）』より。

昭和53年作

うたよみて老いざる悲願霜の天　　蛇笏

「うたよみて」は俳句の作句と考えていいだろう。その詩情の老いざることを、なんとしても果たしたいと念じることが悲願である。大地に霜は真っ白く降り寒さの厳しい晴天の下で、俳句充実の悲願をたてる。句集『雪峡（せっきょう）』より。

昭和26年作

冬山路教へ倦（う）まざる声すなり　　龍太

冬の山路をのぼっていくと小学校の裏手に出る。校舎から算数の掛け算を暗記する声であろうか。国語の朗読を全員の生徒でしている声であろうか。教師の懸命の教える心意気があふれている。そんな情景が浮かんでくる。句集『麓（ふもと）の人』より。

昭和37年作

ふた親にたちまちわかれ霜のこゑ　蛇笏

母まきじが前年の十一月胃癌(いがん)のために亡くなり、この年の一月に父宇作が急性肺炎で逝去した。両親に三カ月を経なくて別れてしまったので、その悲しみは深く、霜が地に降りる音が聞こえるような静かさであった。句集『心像(しんぞう)』より。

昭和18年作

一月の石に服喪の下駄(げた)揃(そろ)ふ　龍太

前年の十月二十七日に母菊乃が亡くなり三カ月を経ての作。服喪は喪に服することである。書斎の南側の出口に大きな踏み石がある。その上にきちんと下駄が揃えてあり、あたかも喪に服しているように感じられた。句集『忘音(ぼうおん)』より。

昭和41年作

雲水の跫音もなく土凍てぬ　蛇笏

前書に「宋淵法師白皚々たる大菩薩嶺を下り来る」とある。宋淵が蛇笏門をたたいたのは、宋淵第一句集『詩龕』の跋を蛇笏が書いているなかに昭和六年とある。足音もたてず土間の凍てた三和土に立つ木食雲水宋淵が輝く。句集『山響集』より。

昭和14年作

死は狎れを許さぬものぞ寒日和　龍太

あらためて表現されてみると、うなずく以外はあるまい。寒中の日和はうるおいがあり春が近い。そんな日和の中で、死というものは一度きりで狎れるということはできない。当然のことでありながら心を刺す。句集『山の影』より。

昭和59年作

売文のもろ爪（づめ）凍る身そらかな　蛇笏

前書に「山廬払暁（さんろふつぎょう）インク氷る」とある。原稿用紙に俳句をはじめいろいろな文章を書き売って収入をえることが売文。あけ方の寒さにインクも凍った。山中の寒さがきわまったなかで、徹夜で原稿を書いているのだ。句集『白嶽（はくがく）』より。

昭和17年作

龍（りゅう）の玉（たま）升（のぼ）さんと呼ぶ虚子のこゑ　龍太

升さんは正岡子規の幼名。處之助が最初であったが、音（おん）が悪いということで升（のぼる）と改められ「のぼさん」と身近な人から親しまれて呼ばれ、臨終のときでさえ「のぼさん」であった。龍の玉は植物で濃い青色の実が冬によく跳ねる。句集『山の影』より。

昭和59年作

寝しづみて老(おい)が火を吹く寒の闇(やみ)　蛇笏

前書に「一つの幻想」とあるので、現実にはありそうもないことを思っての表現である。寒中の闇に寝ている作者は七十歳。俳句文学への情熱は衰えることなく夜の闇の中に火を吹いて燃え続けていると感じての作。句集『家郷(かきょう)の霧』より。

昭和30年作

冬ふかむ父情の深みゆくごとく　龍太

大寒の最中で冬の深むのを肌をもって感じる季節である。じわじわと寒さが周囲の自然にもおよび、木々は落葉をつくし、川は氷柱(つらら)が垂れさがっている。父の情愛も冬の深みいくようにじわじわと感じられる。句集『百戸の谿(たに)』より。

昭和28年作

子に香をたきては寒の句三昧　蛇笏

「鵬生追悼会のため出京」と前の作にあるので、寒中の句会を開いて長男鵬生の追悼会を催す。句会のはじまる前に飾られた遺影に香を捧げて、寒中の句会に没頭する。悲しみを乗り越えての俳句会が粛々と進む。句集『雪峡』より。

昭和23年作

氷上の一児ふくいくなる暮色　龍太

氷上に立っている一人の子供に目がいく。冬の日暮れが氷の上に落日を反射する。その光の中に一人の子供がふくいくと香りを漂わせて立っている。あたりのものは次々に暮色につつまれていくが、氷上の一児だけが鮮明。句集『麓の人』より。

昭和38年作

雪に辞す人に手燭（てしょく）をこころより　蛇笏

心遣いの細やかさが感じられる作。雪になり帰る客人を送り出すとき、足元を照らすのに手燭を持ちこころから注意を払って送り出した。夜の雪はさんさんと降りはじめる。手燭はロウソクの火を持ちあるく道具。句集『家郷（かきょう）の霧』より。

昭和29年作

同じ湯にしづみて寒の月明かり　龍太

前年の十月に母が亡くなっている。自句自解によると、同じ湯に沈んでいるのは母であるといい、「湯のぬくみと月の光に、母が在り、無言の交情があると思いたい」と書く。母への追想を一月の月明かりの中に思い巡らす。句集『忘音（ぼうおん）』より。

昭和41年作

山に棲む六十余年冬の燭　蛇笏

自分の歩んできた道を振り返ると、境川・小黒坂の山峡に居住し俳句一筋に六十余年生きてきた。蛇笏俳句は山に棲み雲を眺めることにより格調高い俳句境地をえた。その胸中にあったものは冬に凛然と輝くともしびであった。句集『家郷の霧』より。

昭和29年作

冬青空ひとに誤算は常のこと　龍太

冬の青空は澄んで深い。冬型の気圧配置になると太平洋側は、晴れの日が多いが日本海側は雪催いの曇天。冬の青空の下で思うことは、人には考えちがいや、見こみちがいが何と多いことか。誤算は常のことだと割り切る。句集『山の影』より。

昭和60年作

やうやくに凍(い)ての身につく夜陰(やいん)かな　蛇笏

「やうやく」は旧仮名遣いで、時間をかけてだんだんと待ち望んでいた状態になること。古い日本建築で谷川の近くに建つ飯田邸は冬の寒さが一段ときびしい。凍てつく寒さにようやくなれて夜の書斎に向かう。句集『白嶽(はくがく)』より。

昭和17年作

亡き母の薬とびちる冬畳　龍太

母が亡くなり六十余日が過ぎ部屋を整理していると、生前の母の薬が畳の上にとびちるように落ちた。錠剤が薬袋からこぼれ寒さが一段と深まる。冬畳の部屋の寒気だけでなく母の薬から寒さが加わったのである。句集『忘音(ぼうおん)』より。

昭和41年作

アルプスのつらなる雪や追儺の夜　蛇笏

境川・小黒坂から西を眺めると、南アルプスの山々が連なって真っ白な雪をかむり、夜もありありと見えている。追儺は中国から伝わってきた疫病を払う行事であったが、現代は鬼払いの節分祭で豆まきの声が響く。句集『雪峡』より。

昭和26年作

胎の子にはるかな雪の没日さす　龍太

前書に「二月次男恵二生誕」とある。予定日より二十日も早く出産したと伝えられる。大きなオナカをかかえて庭に出ると、遥かな南アルプスの峰々は銀雪に茜が染まっている。この季節の落日は駿河口の山々を染める。句集『童眸』より。

昭和33年作

雪の果征旅の二児は記憶のみ　蛇笏

太平洋戦争が終わり、もう九年の月日が流れている。雪の果ては春の気配が濃く最後の雪をさす。二人の子供は出征したがついに帰ることはなかった。いまは記憶の中でのみしか会うことができず悲しみがしのび寄る。句集『家郷(かきょう)の霧』より。

昭和29年作

少年にひびく二月の倉扉　龍太

倉の扉を閉める音は重く暗い感じがする。少年が二月の倉の前に立っており、自分自身の子供のころの懐古に思いをはせている。二月という季節は春が手の届くところまできているが、寒さはいまだに離れない。句集『忘音(ぼうおん)』より。

昭和41年作

山雪に焚(た)く火ばしらや二月空　　蛇笏

山には雪がたまっているが、その上で焚く火は勢いよく青空へ真っすぐに火柱をあげる。二月の空の色は潤いがあり、焚き火をしている人の動きがみえる。枯れ木や枯れ葉を一本の棒で集めては燃えあがらせている。句集『山廬集(さんろしゅう)』より。　大正8年作

雪光の中に風呂焚(た)く豪華な音　　龍太

甲府盆地の雪は二月になって降ることが多い。降り積もった雪は、夕日に輝きまぶしく明るい。そんな中で風呂をたいている火が、ごうごうと何者も恐れない豪華な音をたてて燃えている。あたりの静かさが火の音にこもる。句集『童眸(どうぼう)』より。　昭和32年作

閨怨（けいえん）のまなじり幽（くら）し野火の月　　蛇笏

閨怨は夫に捨てられた妻が、ひとり寝の寂しさをうらむこと。その妻の目じりは暗く、寝所の外は、野焼きの火がめらめらと立って、その上に月がかかっている。大正初期の蛇笏作品にはこうした小説的手法が多かった。句集『山廬集（さんろしゅう）』より。

大正4年作

春浅し白兎（はくと）地をとぶ夢のなか　　龍太

二月も半ばになると春がそこまできている感じを濃くし、盆地には農具市がたつ。そんな一夜に、一匹の白兎が地を跳びはねる夢をみる。白兎であるから印象は鮮明であるが、凶か吉の夢かは定かでない。句集『麓（ふもと）の人』より。

昭和40年作

春めきて眼（め）に直なるは麦の畝（うね）　蛇笏

どことなく寒気がやわらぎ、日の光にも水や土の色も春の足音の潤いが感じられる。それを春めくというのである。最近は麦の栽培が少なく、早春の麦の畝の美しさを見ることもないが、麦の畝に土入れをする季節である。句集『雪峡（せっきょう）』より。

昭和24年作

筵（むしろ）の子あまりに春の樹々（きぎ）太し　龍太

子供たちが春めく日は外に筵を敷いて遊ぶ季候になってきた。筵の周囲にある樹々があまりに太く日陰となるのが気がかりである。自然の中に溶けて存分に遊ぶときがもうすぐそこまできている。句集『麓（ふもと）の人』より。

昭和36年作

霜とけのさゝやきを聴く猟夫（さつお）かな　蛇笏

猟夫は狩りをする人のことで、「かりゅうど」ともいう。朝の霜が溶けるとき、かすかな音をたてるのを聴きとめる。猟夫は自然に対し敏感である。獣を相手にする職業だけに、音や臭気に関しては特に敏しょうだ。句集『山廬集（さんろしゅう）』より。

大正4年作

雪蹴（け）つて水菜畑をゆく童女　龍太

冬から春の野菜として水菜を栽培するが種類は多い。その代表は京都壬生の原産である壬生菜であろう。株も大きく漬物として美味。その水菜畑に積もっている雪を蹴って少女が行く。雪を蹴散らす元気がほほえましい。句集『山の影』より。

昭和59年作

春浅き灯を神農にたてまつる　蛇笏

神農は民に耕作を教え薬草をひろめた中国古伝説の帝王という。まだ春は浅く夕暮れは冷え冷えするが、庭の隅に祭ってある神農の碑にロウソクの火を捧(ささ)げる。大農の経営者の家は神農を祭り農作物の豊作を祈る。句集『山響集(こだましゅう)』より。

昭和13年作

山の風足袋の別れのごとき陽(ひ)を　龍太

山から吹いてくる風もいつか暖かくなり、冬の間を足袋で足の防寒を通してきたが、ぼつぼつ足袋をぬいでもよい季節となった。足袋に別れとは、日常生活のことを見事な季節の詞(ことば)としている。句集『忘音(ぼうおん)』より。

昭和42年作

富士渡し姉妹の尼に浅き春　蛇笏

前書に「富士川波木井のほとり」と句集『山響集（こだましゅう）』にはある。波木井は身延山の入り口近くにあり円実寺という名刹（めいさつ）がある。富士川の渡しから波木井に入り姉妹の尼に会った。浅き春の季語が辺りの雰囲気を和らげる。

昭和13年作

皸（あかぎれ）癒えても忘れずに手を隠す　龍太

皸は皹とも書く。かつては水仕事の多かった女性が、寒さのために手の皮ふにできる割れ目で、赤く切れ口があくこともある。春めいて皹もいえたが、人に会うと手を隠すのが癖になっている。若い女性の隠す動作がまぶしい。句集『童眸（どうぼう）』より。

昭和32年作

僧形もまじりてみゆる野火の煙　蛇笏

冬が去ると野の枯れ草を焼いて、害虫の卵や幼虫を駆除し、青草が生えるようにするのが野焼きで、その火が野火である。広い野になると消防団が出動する。そんな野焼きの火のなかに僧侶の身形(みなり)をした人が浮き出してみえた。句集『白嶽(はくがく)』より。

昭和15年作

二月たちまち消える畳の万年筆　龍太

畳の上を万年筆が転がっていく。机に向かって執筆していた万年筆ではあるまいか。二月末日が原稿締め切りであるのに、まだ仕上がっていない。二月は日数も少ないのでたちまち過ぎていく。モンブランの太書き万年筆か。句集『麓(ふもと)の人』より。

昭和36年作

起居なれし疎開夫人に春の月　　蛇笏

疎開という言葉をきくと都会の空襲による火がみえる。子供も集団で学童疎開をした。戦争が終わり疎開してきた夫人も田舎の生活になれたであろうかと気遣う。山の上から出てきた春の月は大きくしとやかである。句集『春蘭（しゅんらん）』より。

昭和22年作

ある夜おぼろの贋金（にせがね）作（づく）り捕はれし　　龍太

最近は外国人の贋金作りが多く、国で紙幣の刷り替えをするほど。この句の贋金作りはそんな大掛かりではなく、何人かの技術者が寄って精巧に作った贋金だがたちまち逮捕された。それは、おぼろ夜の夢のようである。句集『今昔（こんじゃく）』より。

昭和53年作

抱く乳児（ちご）の手をもにぎりて春炬燵（はるごたつ）　蛇笏

前書に「第二の孫女純子」とある。龍太次女純子は昭和二十五年に生まれているが、昭和三十一年九月、急性小児麻痺（まひ）で病臥（びょうが）一日にして亡くなる。まだ二歳の純子を膝（ひざ）にして手をにぎり春炬燵に入っている様子に幸福感があふれている。句集『家郷（かきょう）の霧』より。

昭和27年作

春風に飛ばしてならぬ子とタバコ　龍太

春風も思わぬ突風が吹く。タバコの火のついたものは乾燥のときは火災の危険がある。それに、まだ幼い長男秀實が強風に飛ばされては大変だ。春風であっても春一番のような強風である。タバコと幼子（おさなご）に注意をしなくては。句集『童眸（どうぼう）』より。

昭和32年作

酒すこしたうべし僧に春蔬菜(そさい)　蛇笏

前書に「木食宋淵渡米するにあたり、しばらくの訣れとて来訪」とある。仏教の布教に米国に行く前の宋淵が師蛇笏を訪ねる。日常を木食で修行しているので、膳(ぜん)の上には春の野菜がどっさり。酒を少し飲むようにとすすめる。句集『雪峡(せっきょう)』より。

昭和24年作

雲雀(ひばり)野(の)に油切れたる女の毛　龍太

雲雀が空にあがって鳴く春の充実した季節に、農婦が髪に油もなく過ぎる。乾燥している野に髪の乱れがこと更に目立つ。田植えの支度や果樹の消毒。多くの農作業が女の髪の油を切っていくようである。句集『忘音(ぼうおん)』より。

昭和42年作

麺棒のとゞろきわたる宿の雛　蛇笏

山の宿は雛を飾ってあり、郷土料理のほうとうを作っている。小麦粉を木鉢でよくこねて、のし板にのせ麺棒で伸ばすときの音が力強くひびく。甲州名産のほうとうであるから麺棒で伸ばす音が一段と高い。句集『山廬集』より。　明治40年作

初つばめ茶飲仲間も恋のうち　龍太

初燕の飛ぶ季節になると春も本番となる。老人たちがしばしば寄り合って茶を飲む。そんな仲間はたいがい配偶者が亡くなっている。田舎の噂話の発信源であり笑いの絶えない間柄で、恋が芽生えることもある。句集『山の影』より。　昭和58年作

春暖の燭(しょく)飼(げ)をてらすかしまたち　蛇笏

この時代のアメリカへの出発は、身の内が締まるものがあった。春暖の電光は食卓に並ぶ木食の野菜や木の実を照らし、僧中川宋淵の出発を鹿島の神に安全祈願した。飯田蛇笏と中川宋淵の師弟の深い契りが思われる。句集『雪峡(せっきょう)』より。

昭和24年作

早春の城出て帰る石工達　龍太

甲府市舞鶴城の修復を思わせる句だ。三三五五に連れ立って石工が城を出て帰る。城垣の積み直しが多いので石工が主となる。夕暮れの茜空(あかねぞら)を背にして帰る職人を励ますように、桜のつぼみがふくらんでくる。句集『麓(ふもと)の人』より。

昭和39年作

はるさむや木に替ふ紙幣ひとつまみ　　蛇笏

ときならぬ春の寒さがやってくるものだ。紙幣ひとつまみで、山の木々を国に放出した。商大学生数十名が勤労奉仕に来た。一方では瑞穂開拓団が食糧増産のため伐採した山を畑に耕している。春の寒さがことに身にしみる。句集『心像（しんぞう）』より。

昭和19年作

春の雲木臼作りは啄木鳥（けら）に似て　　龍太

春の雲が流れている下で、大欅（おおけやき）などで臼造りをしている集落がある。南アルプス山麓（さんろく）の平林という村落。臼の型が出来あがると特種の道具で底を掘っていく。その作業があたかも啄木鳥（きつつき）が立木に巣を掘るのに似ている。句集『春の道』より。

昭和45年作

彼岸婆々阿難の嶮を越えゆけり　蛇笏

註に「阿難峠は嶽麓精進と古関とをむすぶ」とある。暑さ寒さも彼岸まで、といわれる春本番。彼岸は婆々が活躍していろんな行事をこなす。小黒坂から阿難峠を越えて彼岸の婆々が富士山麓を目指して行く。句集『山響集』より。

昭和13年作

子を負ふて彼岸の燕仰ぎゐる　龍太

彼岸の燕であるから日本に上陸して間のない紺の鮮明な色をしている。子供を背に負って、空をひるがえり地上をすれすれに飛ぶ燕の姿を追いながらいろんな話をする。彼岸の燕といった把握に季節の新鮮さが漂う。句集『忘音』より。

昭和41年作

巫女(かんなぎ)のみごもりてより春の闇　蛇笏

巫女は神に仕え神楽を舞ったり祈禱(きとう)もする未婚の女性。神官の若い妻が巫女の役をしていたが、妊娠したのが目立ち春の闇にまぎれている。巫女・妊娠・春の闇に蛇笏独特な小説的雰囲気がみえる。句集『霊芝(れいし)』より。

昭和11年作

春分の湯にすぐ沈む白タオル　龍太

春分は二十四気の一つで陽暦三月二十日ごろ。彼岸の中日となり、昼夜の時間がほぼ同じとなる。湯に白いタオルを浸すとすぐに澄んだ風呂の底に沈んでいく。春分の日の浴槽の白タオルに水光があふれる。句集『山の木』より。

昭和46年作

仏像はあす彫りあがる野火の月　蛇笏

最近は能面や仏像を彫る人が多くなっているが、大正四年の作であるから仏像を彫る人は限られていたであろう。野焼きの火が燃え進む上に満月に近い月が浮かんでいる。いま彫っている仏像も明日は完成する。句集『山盧集（さんろしゅう）』より。　大正４年作

草青む方へ亡き母亡き子連れ　龍太

草が青むごとに春の到来を強くする。その萌（も）え出（いず）る若草の彼方（かなた）へ、亡き母菊乃が、亡き孫純子の手を引いて行く姿が鮮明に見えた。母の死は昭和四十年、次女純子の死は昭和三十一年。ときに過去の幻影が浮かぶことがある。句集『今昔（こんじゃく）』より。　昭和53年作

春泥（しゅんでい）に影坊二つあとやさき　　蛇笏

前書に「千鶴女小倉に我を迎ふ」とある。安田千鶴女は福岡県田川市の俳人で大正十四年に蛇笏門に入る。昭和三十五年七月に句集『千鶴』九百句を収め雲母叢書第十二編として出版。春泥の中に師弟の影坊師が二つ寄り添う。句集『山廬集（さんろしゅう）』より。　昭和6年作

春の闇誤植の一字むず痒（がゆ）し　　龍太

春の闇は月の出ない朧（おぼろ）のような暗さをいう。書斎で発行になった雑誌を眺めると、俳句作品に一字の誤植があった。何か背筋がむず痒く感じる一字の誤植であるから俳句作品ではあるまいか。それとも文章か。句集『遅速（ちそく）』より。　平成2年作

人々の座におく笠（かさ）や西行忌　蛇笏

歌人西行の忌日は陰暦二月十六日七十三歳で大阪弘川寺で入滅した。芭蕉以来西行に対する俳人の敬慕は深い。西行忌に句会を開いたが参加者は僧侶が多かったであろうか。それとも西行を偲（しの）んでの笠であったのか。句集『山廬集（さんろしゅう）』より。

大正2年作

仕事よりいのちおもへと春の山　龍太

仕事がいっぱい詰まっている様子を知っている知人や友人は、仕事より命を考えてみたらと注意する。周囲の春の山を眺めても同じようなこたえが返ってくる。眠りからさめた春の山であるので、そこに余裕が感じられる。句集『遅速（ちそく）』より。

昭和61年作

児(こ)を抱いて髪を小詰めに花日和　蛇笏

前書に「レイテ戦線の長男生死不明にして妻女は幼児とともに日々を過す」とあるが、その後戦死の公報が入る。児を抱いたり負うことが多くなる。長髪が邪魔となり詰めた行為に、深い児への愛情が桜の花の中ににじむ。句集『心像(しんぞう)』より。

昭和21年作

病友と珠(たま)なす海の春陽(はるひ)享(う)く　龍太

岡山県長島愛生園での作。十年前に蛇笏がここを訪れたので、病友が集って遺影を掲げ追悼法要をなす。終了後病友の須並一衛らと春の陽が海の反射で珠をなす中に身をつつまれる。この追悼法要こそ人温というもの。句集『麓(ふもと)の人』より。

昭和38年作

春の夜やたゝみ馴れたる旅ごろも　蛇笏

前書に「四月三日夜古奈屋旅館句会席上婢に題して」とある。甲府の古名屋での句会に各々の着用してきた旅の上衣をお手伝いが手際よくたたむのを眺め作句した。「たゝみ馴れたる」にプロとしての手さばきが光る。句集『山廬集』より。　大正13年作

春暁の竹筒にある筆二本　龍太

竹筒は裏の真竹の一節を伐って筆立てにしたもの。東の空がほのぼのとしらみはじめてきたときが春暁。竹筒には筆が二本立っているのみ。静寂さのなかに日本的の美しさが漂っているのは、春暁の季語によることが大きい。句集『忘音』より。　昭和42年作

夢さめてたゞ青ぬたの古草廬　蛇笏

春の眠りがさめて最初に目に入ったものは青饅。草廬は草庵のことだが、自分の住居の謙譲語でもある。青饅は魚や青い野菜をすりこんで酢味噌あえにした料理。春の季語。江戸期の『俳諧歳時記栞草』に青饅が入っている。句集『山廬集』より。

明治43年作

晩年の父母あかつきの山ざくら　龍太

晩年とは何歳ごろを指す言葉であろうか。夜の明ける前のうす明るいころが暁であり、山ざくらは葉が出るのと同時に淡紅白色の花をつける。この山ざくらを眺めて父母もいよいよ晩年に入ったのではないかと思う。句集『童眸』より。

昭和33年作

こゝろざし今日にあり落花ふむ　　蛇笏

蛇笏の俳句文学精神はこの句にもよくこめられている。明治・大正・昭和と俳句はつねに文学であると信じてきた。いま落花を踏みしめながら、俳句十七音への志をあらためて考えてみる。その志は今日でも不変。句集『家郷（かきょう）の霧』より。

昭和29年作

くさむらに少年の服春の坂　　龍太

境川小学校は山麓（さんろく）にあるので坂の道を通学する。春の暑い日は上着を脱いでカバンの上にのせてしまう。下校のときの道草には、上着を草むらに置き遊びたわむれる。春の日はさんさんと照る。句集『麓（ふもと）の人』より。

昭和35年作

おもかげを墓前にしのぶかすみかな　蛇笏

前書に「野田半叟追悼会にて」とある。墓参をして追悼句会にのぞんだのであろう。墓に手を合わせると生前の面影が浮かんでくる。春のかすみが四方にかかっており、俳句の素材は半叟をしのぶに十分であった。句集『春蘭（しゅんらん）』より。

昭和21年作

春蟬（はるぜみ）のなくふるさとをかへりみる　龍太

この句は『定本百戸の谿（たに）』に収録したもので、昭和十九年七月号「雲母」蛇笏選の春夏秋冬欄で二句の作。「雲母」では前書に「兄北支に征きて公子誕生」とあったが、句集に収めるとき前書は消された作。句集『定本百戸の谿』より。

昭和20年作

復活祭ふところに銀一と袋　蛇笏

復活祭はキリストの復活記念の初日。春分後の第一日曜日で三月二十二日から四月二十五日までの日曜日と歳時記にある。キリストが死んでから三日目に復活した記念日といった方が理解しやすいだろう。句集『山響集（こだましゅう）』より。

昭和15年作

禍も福もほどほどの夜の花吹雪　龍太

夜になると桜の花が吹雪のように散り美しさがきわまる。人生も考えてみると悪い出来事の禍と、しあわせである福とがほどほどのように感じられた。夜桜の花の散るなかで、禍福己（おの）れに由（よ）る、という言葉を思い出す。句集『山の影』より。

昭和60年作

蘆花旧廬（きゅうろ）灰しろたへに春火桶（はるひおけ）　蛇笏

前書に「四月十七日、粕谷の蘆花旧居を訪ふ」とある。徳富蘆花は肥後生まれの小説家で「不如帰（ほととぎす）」により文壇に独自の歩みを示す。春の火桶には灰が真っ白に入っており、蘆花旧居の春の寒さがしみわたる。句集『山響集（こだましゅう）』より。

昭和13年作

詩はつねに充（み）ちくるものぞ百千鳥（ももちどり）　龍太

詩は俳句をさしており、百千鳥は一種の鳥の鳴き声ではなく、囀（さえず）りと同じで春の雄鳥が交尾のために雌鳥を呼ぶ声の合唱。わきあがるような百千鳥を感じ、俳句も胸中にわきあがり満ちくるものではないかと思う。句集『山の影』より。

昭和58年作

蚕傭(やとい)のものかけてねる飼屋(かいや)かな　蛇笏

　養蚕の場合は家全体が蚕の飼屋となる。ほんの一室に家族が寝起きする。自家労力だけでは手が足りず、最盛期には雇い人を入れなくてはならない。その雇い人を蚕傭と表現。室内は温かく蚕と寝食を共にする。句集『山廬集(さんろしゅう)』より。

昭和2年作

種子蒔(ま)いて夕山見んと眼鏡拭(ふ)く　龍太

　野菜の種をはじめ花の種など蒔く季である。種を蒔きおえ夕暮れの山を見て、明日の天候を考える。眼鏡を拭いて夕山を見渡す動作に、春のほのぼのとした夕日がさす。種を蒔いた大地に安堵感(あんどかん)がはしる。句集『忘音(ぼうおん)』より。

昭和42年作

ゆく春のこゝろに拝む仏かな　蛇笏

前書に「遂ひに不帰の客となり畢れる煙柳君を弔ふ」とある。この句と並んで「花紅く草みどりなり煙柳忌」「野に山に白雲ゆくよ煙柳忌」と、亡くなった人に煙柳忌を立て作句しているのは、親愛の情の深い人物。句集『山廬集（さんろしゅう）』より。

昭和5年作

雛（ひな）を手に乗せて霞（かすみ）のなかを行く　龍太

雛は小鳥の雛であろうか、雛人形であろうかと質問されたことがある。手に乗せる動作から小鳥の雛であることは明確。鶏の雛かもしれない。春の霞のなかを一歩一歩静かに進んで行くのは手の雛鳥のことを思ってのこと。句集『山の木』より。

昭和48年作

はるばると来て春燈(しゅんとう)に不言(ものいわず)　蛇笏

前書に「錦州を発ち途中一夜をあかして水龍女ひとりはる〲たづね来る」とある。旧満州の炭坑の街撫順に水龍女ひとりで、蛇笏に会うために来る。春の灯に照らされ師蛇笏を前にして感激のあまり言葉を発しなかった。句集『白嶽(はくがく)』より。

昭和15年作

朧(おぼろ)月(づき)宋淵老師現(あ)れ給ふ　龍太

中川宋淵老師は飯田蛇笏高弟で静岡県三島の龍澤寺の住職。昭和五十九年三月十一日七十八歳で遷化された。朧月が境川・小黒坂の上にあり、何回となく山廬(さんろ)を訪ねている宋淵老師が、朧月から舞い降りてきたように思えた。句集『遅速(ちそく)』より。

昭和62年作

うきにたへよむ書のにほふ暮春かな　蛇笏

憂きに耐えるとは、苦しくつらいなりゆきにじっとこらえていること。そんな心境のなかで読む本に、暮春の花々のにおいが漂っていた。憂きことも春の終わりの気候に消えて読書に没頭することができた。句集『白嶽（はくがく）』より。

昭和8年作

熱き湯に水さす春の夕餉（ゆうげ）どき　龍太

火鉢にかけてある鉄瓶がしんしんと沸いて湯気を出している。鉄瓶に水をさして夕餉にそなえる。静かな暮春の景で生活感がにじむ一齣（ひとこま）。小津安二郎の映画のシーンを見ているような感じがする。句集『忘音（ぼうおん）』より。

昭和42年作

家人みな句ごころありて夏燈(なつあかり)　蛇笏

　蛇笏一家は俳句をする人が多かった。長男聰一郎は鵬生、四男は龍太、五男の五夫は桃夷、妻菊乃は山菊女と、俳句の雅号を持っていたが、龍太は本名のまま。蛇笏にとって家人が俳句を作ることは夏の燈のように明るかった。句集『心像(しんぞう)』より。

昭和19年作

眠る嬰児(みどりご)水あげてゐる薔薇(ばら)のごとし　龍太

　嬰児は二、三歳くらいの幼子(おさなご)をさす。子供もこの年齢の成長が一番目につくような気がする。薔薇の蕾(つぼみ)を花瓶にさすと一週間くらいで蕾は満開となる。あたかも眠っている嬰児は、水をあげている薔薇の花のようだ。句集『山の木』より。

昭和46年作

健康のもつともセルに勝れけり　蛇笏

前書に「五男桃夷ひとり復員」。残る二人の子の消息は不明であるから「ひとり」とある。セルはうすい毛織で夏物の和服。軽くて着心地は抜群。軍隊から帰って着るものは、セルに勝るものはないと眺める。句集『春蘭（しゅんらん）』より。

昭和21年作

尼の顔水に映りて五月かな　龍太

五月の風かおる季節は新緑の活動的なときで、聖母マリアの月として聖五月の言葉もある。水は川でなく静かな池がいい。尼の顔がくっきり映っているからである。尼と五月の調和が句を美しくする。句集『涼夜（りょうや）』より。

昭和51年作

織娘(おりこ)らの筬(おさ)やむまなく雪解富士(ゆきげふじ)　蛇笏

雪解富士を真正面にして筬音がきこえるのは、谷村、西桂などの富士に真近な地方。甲斐絹(かいき)の産地で、羽織裏、夜具、座布団、傘地などが多く織られていたが、戦時中であるので軍事品が多く筬のやむまもないのだ。句集『春蘭(しゅんらん)』より。

昭和18年作

峡中のひとの生きざま青嵐　龍太

峡中は山と山にはさまれた谷あいであるから盆地全体をさすより、山麓(さんろく)の集落として鑑賞したらどうであろう。盆地全体としては人の生きざまが広がりすぎる。峡中の生活は身心ともに生命力が強くなり青嵐にも対峙(たいじ)できる。句集『春の道』より。

昭和44年作

夏来ればば夏をちからにホ句の鬼　蛇笏

立夏を過ぎていよいよ夏に入ったのであれば、夏の生命力を身につけて俳句の鬼になって作句をしていくことを自分自身に誓う。ホ句は発句で、俳句より骨のある言葉のように感じられる。志のある俳句である。句集『家郷(かきょう)の霧』より。

昭和27年作

耳(みみ)掻(かき)のさきの綿毛の薄暑光　龍太

初夏になって少し暑さを感じるのが薄暑で、その日差しが薄暑光。夏に入った輝きが感じられる。耳掻きのさきには白い綿毛がついており、薄暑の光の中でこの耳掻きの小さな綿毛が涼しく存在感を示す。句集『春の道』より。

昭和45年作

スリッパに初夏の情感素足なる　蛇笏

初夏の心地よさを感じるのは素足が一番である。しかも、少し厚めの毛織のスリッパがいい。初夏の情感という言葉で素足に履いたスリッパの感触を表して、初夏のもつ気分のさわやかさを表現している。句集『家郷（かきょう）の霧』より。

昭和28年作

しづかにも病者の彼方（かなた）茂りたる　龍太

この年十月三日に父蛇笏は永眠しているので、病者は父蛇笏であるのではなかろうか。家の中に病臥（びょうが）の蛇笏がいるので静かな生活である。病の床に臥（ふ）している彼方は若葉青葉が茂って力強く輝いている。句集『麓（ふもと）の人』より。

昭和37年作

はたと合ふ眼の悩みある白日傘　蛇笏

白日傘の麗人と眼がはたと合う。何か悩みのある眼をしているのが気になった。この女性はあるいは俳人で面識のある人ではあるまいか。眼で悩みのあることを見抜いているのでそんな感じがしてくる。句集『山響集』より。

昭和14年作

どの家も蚕の香桑の香晴れわたり　龍太

養蚕どきの農家は住宅の中まで蚕を放ち、桑を絶えず蚕に補給する。よく晴れた五月の日に、家の中は飼育している蚕の匂いと桑の匂いが充満している。それが中国の蚕糸が輸入され、今は養蚕をする農家は皆無となった。句集『春の道』より。

昭和45年作

乳房たる母の香あまき薄暑かな　蛇笏

薄暑のさわやかさの中で母の乳房が下着からよく見えた。それに乳房がたれている母からあまい匂(にお)いがたちこめていた。女の匂いが母からたちこめていたことに驚くが、薄暑の季感がそれをすがしいものにしている。句集『心像(しんぞう)』より。　昭和18年作

薄暑かなひと来て家を見て去れば　龍太

五月の連休などには庭の中まで人が入り、山廬(さんろ)の周囲を見学していくようだ。くろがねの風鈴はきっとあの軒に下げられていたのだ、と勝手に納得して帰る人がおり、大きな家に生活して住んでいることに驚く。無断の見学は不可。句集『山の影』より。　昭和57年作

鈴蘭の香強く牀に置きがたし　蛇笏

蛇笏死の前年作。鈴蘭の香りはあまりに強く病床近くにそぐわない。病気のうっとうしさをまぎらすための鉢植えの花であるが、鈴蘭の香りは安眠をさまたげるほどで、床の近くには置きがたい。病人の神経は鋭敏なのだ。句集『椿花集』より。　昭和36年作

やまもの甘煮とろりと雪解富士　龍太

やまももは中国名。楊梅と漢字では書く。夏に甘酸っぱい苺に似た軟らかい実をつける。甘煮であるから砂糖を入れて煮たもの。とろりと煮つまってきている。雪解けの富士が楊梅の甘煮をのぞくように立っている。句集『今昔』より。　昭和54年作

雪解(ゆきげ)富士(ふじ)戸々の賤機(しずはた)こだませり　蛇笏

富士吉田から谷村にかけて甲斐絹(かいき)の産地。この時代なら一戸一戸が機織りの音をひびかせていただろう。前書に「甲斐絹の産地郡内」とある。小規模な機を軒並みに織っている前に、雪解けした富士が胸を張って立つ。句集『山響集(こだましゅう)』より。

昭和13年作

寒々忌京をかすみのなかに見て　龍太

宮武寒々は大正十年ごろから蛇笏に師事し俳句を作る。明治二十七年に京都に生まれ、大阪で洋傘商を営み「雲母」の重鎮となり、昭和四十九年五月二十八日に没す。一年を経た忌日に寒々を偲(しの)んでの作。句集『涼夜(りょうや)』より。

昭和50年作

袷人（あわせびと）さびしき耳のうしろかな　　蛇笏

袷は裏をつけて仕立てた夏の着物で、春袷・秋袷などあり、織りや染めによって、春・夏・秋に分かれる。今年はじめての袷を着て何か耳のうしろが寂しいように感じられた。耳のうしろという感性の鋭敏さは初期の蛇笏のもの。句集『山廬集（さんろしゅう）』より。　　大正6年作

理髪師の指基督（きりすと）の眼（め）も薄暑　　龍太

理髪師の手の指は職業のうえからも大切にする。その理髪師の指を見つめていると、キリストの眼をふと思った。夏に入り暑さが感じられる薄暑は、理髪師の指とキリストの眼を結びつける清潔感が漂っている。句集『麓（ふもと）の人』より。　　昭和39年作

水浴に緑光さしぬふくらはぎ　蛇笏

水浴の場所によってこの句の美しさが変化する。昭和十二年作であるから海水浴より、家で涼を求めるたらいの水浴での光景が浮かぶ。庭の周りの若葉の光が裸体に反射する。ことにふくらはぎがまぶしく緑光を放つ。句集『山響集（こだましゅう）』より。

昭和12年作

親しき家もにくきも茂りゆたかなり　龍太

小さな農村のあれこれが鮮明になるのは選挙のときであることを、自句自解で書いている。選挙になるとあの家は誰（だれ）、この家は誰と色分けされるのが田舎の選挙。外では落葉樹が新緑から青葉となり茂りが深くなる。句集『百戸の谿（たに）』より。

昭和27年作

慾なしといふにもあらず初浴衣　蛇笏

昭和二十年というと蛇笏六十歳。今年初めての浴衣を身につけると、これまで気づかなかった慾望が体の中によみがえってくるような思いがする。五慾のうちの何の慾を感じたのかは初浴衣から想像してみてはいかがであろう。句集『心像』より。　昭和20年作

山風に汗同臭の麦刈女　龍太

この時代は稲の裏作として麦はどこの農家でも栽培していた。むしむしする暑さの中で汗は体全体からあふれでる。麦刈は禾にさされる大変な作業。山から風が吹くと麦刈女から汗の臭いが体臭となって流れる。句集『童眸』より。　昭和32年作

メロン摂(と)る夜のにほひに人を容(い)る　蛇笏

メロンの香りは穏やかで幸福感をもたらせるものである。夕食の後にメロンを切ると芳香が家の中を過(よ)ぎる。家族がこの香りに集まってくる。人を容るという言葉にふっくらとした愛を感じる。句集『家郷(かきょう)の霧』より。

昭和28年作

螢(ほたる)火(び)や少年の肌湯の中に　龍太

終戦から間もないときであるから裏の狐川に螢を見ることができたのではあるまいか。浴槽の少年の肌はてらてらと輝いている。螢が明滅して風呂場に入ってくる。少年の肌の輝きと螢火に神秘的な美しさをみる。句集『百戸の谿(たに)』より。

昭和27年作

あな痩せし耳のうしろよ夏女　蛇笏

あなは喜怒哀楽の感動から発する言葉。してみると哀感をもっての表現。この年蛇笏二十六歳で菊乃と十一月に結婚式を挙げている。耳のうしろといえば首の部分にかかる。夏痩せが「あな」によってぐっと迫ってくる。句集『山廬集』より。　明治44年作

梅雨の川こころ置くべき場とてなし　龍太

故郷に居座って本格的に俳句と向きあった時代の作である。ごうごうと流れる梅雨季の狐川の急流を眺めて、この川でさえ心を置いて考える場所がない、という孤独感が表現されており、故郷への安住心が定まっていない。句集『百戸の谿』より。　昭和27年作

ほたる火を唫(ふく)みてきたる河童子(かわどうじ)　蛇笏

芥川龍之介の供養のために十句を捧(ささ)げている中の一句。河童(かっぱ)は想像上のものであるが、龍之介が好んで書いた。河童が蛍火を口に含んでいるのは龍之介を河童として表現した怪奇さを演出している。句集『霊芝(れいし)』より。

昭和9年作

詩人耿之介生誕の地に夏暁　龍太

「信州飯田」の前書がある。六月に雲母飯田支社十周年記念俳句大会が責任者有泉七種で開催された、そのおりの作。日夏耿之介は飯田市出身の詩人。「雲母」五百号記念にも随筆を寄せている蛇笏の親友。飯田市来訪の挨拶句(あいさつく)。句集『涼夜(りょうや)』より。

昭和50年作

半玉の帯の鈴鳴る鵜飼船(うかいぶね)　蛇笏

長良川の鵜飼船に芸者を呼んでの遊興。その芸妓(げいぎ)の一人が半玉。まだ一人前でなく玉代も半分。帯の間に挟んでおいた栓抜きにつけた鈴がよく鳴った。半玉であるから接待もあれこれ気がつく。鵜飼いの篝火(かがりび)の明かりで鳴る鈴の音は美しい。句集『山響集(こだましゅう)』より。

昭和14年作

早乙女(さおとめ)のさざめき帰る楢林(ならばやし)　龍太

早乙女は絣(かすり)の着物に手っ甲、田植え笠(がさ)の若い女性を想像するが、現在では田植えは機械化され早乙女の姿は見られなくなった。かつては、田植えが終わり雑木林の中をしゃべりながら家路を急ぐ早乙女たちの姿があった。句集『山の木』より。

昭和48年作

師をしたふこゝろに生くる卯月かな　　蛇笏

大正六年ごろは「ホトトギス」虚子選雑詠欄に出句をしていた。師は高浜虚子であり卯月のなかを増富温泉に馬に乗り師弟で行ったのもこの年六月二十六日であった。卯の花が道中に咲き乱れ、梅雨曇りのどんよりとした天候であったろう。句集『山廬集（さんろしゅう）』より。

大正6年作

梅雨の夜更けし悼みの筆づかひ　　龍太

梅雨の夜、友の死を悼む手紙を書いている。しかも万年筆ではなく墨筆で書いていることで、悼む相手の関係が見えてくる。天候もぱっとしない梅雨のなかでの悼みの文を書くことに気がめいり、筆づかいは重い。句集『麓（ふもと）の人』より。

昭和37年作

夏至の雨娘(こ)ひとり舟をただよはす　蛇笏

前書に「獄麓山中湖(がくろく)」とある。夏至は六月二十一日ごろ。したがって梅雨に入っている。雨の中を娘がひとりで舟をただよわせているのが目に焼きつく。何でひとりで娘が舟をこいでいるのか不思議であった。句集『春蘭(しゅんらん)』より。

昭和17年作

麦(むぎ)刈(かり)女(め)誰(たれ)よぶこともなく白し　龍太

終戦後の食糧難時代であるから農家は麦の栽培を進んで行っていた。この句自選自解『飯田龍太句集』を読むと、箱根の吟行会に友達と行ったとき、車中で見かけた麦秋風景から故郷の山村をおもい浮かべての作。句集『麓の人(ふもと)』より。

昭和37年作

梅雨の禽（とり）危篤なる日は啼（な）かざりき　蛇笏

二男数馬の死を看取っての作で、前書に「病牀にカナリヤを飼ふ」とある。窓辺に吊（つ）ってあるだろうカナリヤの籠（かご）が、危篤の日は鳴くことがなかったという把握に、霊的に表現する蛇笏独特の詩感が強く感じられる。句集『白嶽（はくがく）』より。

昭和16年作

青萱（あおがや）に山彦（やまびこ）ながれ死病去る　龍太

前書に「父病臥（びょうが）、小康を保つ」とある。青萱が天に真っすぐ伸びるのは山峡のなかであるので、山彦の流れが理解できる。昭和三十六年に蛇笏の病状が悪化しているが、青萱の中を山彦が流れるように死病も去った。句集『麓（ふもと）の人』より。

昭和36年作

抱き納む屍(し)はつめたくて夏暁(かぎょう)かな　蛇笏

次男数馬の医業半ばの死の作。一連の作に「桐ケ谷の夏雨にぬれ吾子(あこ)を焼く」もある。ベッドから棺に納めるため近親者で屍(かばね)を抱いて死出の旅の仕度を整え火葬場に向かう。屍の冷たさに暗澹(あんたん)とした思いが漂う。句集『白嶽(はくがく)』より。

昭和16年作

泥まみれなる飲食(おんじき)に青嶺(あおね)聳(た)つ　龍太

前書に「六月廿五日白昼突然隣家全焼す」とあるので田植えの光景ではない。山廬邸(さんろてい)の破風板まで火がついた火事。鎮火して泥まみれの手で消防団や近所の人がむすびを食べている、その彼方(かなた)に青嶺がそびえる。句集『山の木』より。

昭和49年作

鏡みるすがしをとめや暑気中り　蛇笏

夏の暑さに食欲がなくなり、何をするのもいやになる暑気中りは、都会病のような感じがする。清潔感のする少女が鏡を見ているのも痩せた容姿を心配してのことか。鏡に映った少女は美しくすがすがしい感じがする。句集『霊芝』より。　昭和7年作

短夜の机上にのこる観世縒　龍太

原稿をとじるために文士は観世縒を使う。観世縒が既製品として広まったが、この作は和紙の手縒のものであろう。原稿を書きあげ一冊にとじ、残った縒が机上に散乱し、その上に夏の早い夜明けの光がさしている。句集『忘音』より。　昭和41年作

帽のかび拭ひすてたる懐紙かな　　蛇笏

夏帽子か冬帽子のかびを拭うのか考えさせられるが、これまで被っていた帽子にかびが出ることは少ない。夏帽子に交換し被るときに発見したかびを懐紙でふいたのではないか。懐紙でふく程度のかびが夏帽子を思わせる。句集『山廬集』より。　大正13年作

夕焼の水飲んでゐる男女あり　　龍太

公園か校庭のような場所が見えてくる。真っ赤な夕焼けは西空ばかりでなく地上をも染める。そんな光景のなかで男女が水を飲んでいる。若者・中年・老人の区別は表現していないが、青年の男女を思う人が多いのではないか。句集『春の道』より。　昭和45年作

たまきはるいのちにともるすゞみかな　蛇笏

「たまきはる」は「いのち」の枕詞。前書に「岐阜市より贈られたる提灯を夜々書窓に吊る」とある。岐阜提灯を書斎前の窓に吊り楽しむと、暑さが提灯の明かりであたかも命の涼みであると感じる。岐阜市への挨拶句。句集『山響集』より。

昭和14年作

夕焼空詩に鴆毒あることも　龍太

鴆毒とはどんなものであろうか。鴆の羽根にあるという猛毒で、太平記に出てくる。まむしの頭を食しその羽根を酒に浸して飲めば、たちどころに死ぬとある。夕焼けの真っ赤のなかで、ふと詩にも鴆毒のような毒素があると思った。句集『山の影』より。

昭和57年作

観衆にとけてあとなし花氷　蛇笏

この時代では劇場などに冷房装置などあるはずがない。その代わり情緒濃く花氷があった。氷柱（つらら）の中に花を閉じこめて涼気を感じさせた。入場のときは大きな花氷があったが終幕時には溶けて跡形もなかった。句集『山廬集（さんろしゅう）』より。

大正11年作

竹（たけ）煮（に）草（ぐさ）葬儀へ父の時計持ち　龍太

竹煮草は山野や河原などの荒れ地に見られる草で、人の背丈以上に伸び葉裏が真っ白になり、異国の感じがする。父の遺品の時計を持って葬儀場に行く途中で竹煮草を見た。蛇笏没後十二年を経ての作。句集『山の木』より。

昭和49年作

瓢箪（ひょうたん）の花にひともす逮夜（たいや）かな　蛇笏

瓢箪の花は真っ白で可憐（かれん）である。逮夜は忌日の前夜か葬儀の前夜のこと。したがって、この場合は通夜の灯し火（ともしび）が瓢箪の花を照らした、と解釈していいだろう。何か瓢箪作りに丹精をこめていた老人の死が連想される。句集『山廬集（さんろしゅう）』より。

大正5年作

雲の峰ちらと父見て下校の子　龍太

小学校の子であろう。下校になって帰るとき父親が見えたが、声をかけるわけでもなく、ちらっと目を向けただけ。思わぬ場所で会ったはにかみである。背後には入道雲がもくもくとわきあがっていた。句集『山の木』より。

昭和48年作

七夕のみな冷え〳〵と供物かな　蛇笏

前書に「白雲山盧(さんろ)行事」とある。願いごとを短冊に書いて七夕竹に結び、手習いや恋の成就などを星に祈った。行事としての七夕祭りは仲秋の名月と同じように、星に供物をあげて祈る。俳句の上では七夕は秋となる。句集『山盧集(さんろしゅう)』より。

昭和6年作

鮠(はや)を釣る父に添ひゐて浴衣の子　龍太

鮠釣りであるから近くの川か、温泉場を流れる川であろう。父の釣りをじっと見つめる浴衣の子。涼しさを呼ぶ景であり浴衣の子供は女の子ではあるまいか。男の子であるならば、父に添っているだけではあるまい。句集『山の木』より。

昭和46年作

打水のころがる玉をみて通る　蛇笏

打ち水は夏の暑さをしのぐために、多くは夕暮れに庭などに水をまいて涼気を呼ぶこと。その打ち水の玉が葉の上や石の上をころがっている情景を見て過ぎる。心の中でこの水玉の涼しい輝きは俳句になる、と思ったのではあるまいか。句集『心像（しんぞう）』より。

昭和17年作

鶯（うぐいす）の夏深く鳴く病舎かな　龍太

前書に「盲腸炎手術のため愛宕仮病舎に入院、句友細田壽郎・小沢麻男両医の厚情に旬日を過す」とある。龍太初期の作で夏鶯の鳴き声を、夏深く鳴くと把握して新鮮さを表出し、盲腸炎の軽症であったので病舎も華やいでいた。句集『百戸の谿（たに）』より。

昭和25年作

青蜥蜴（あおとかげ）さます嫉妬（しっと）のほむらかな　　蛇笏

青蜥蜴は最近あまり見えず、茶褐色の土色の蜥蜴を多くみる。青蜥蜴のあの鮮烈な緑色の輝きを炎天下で見たとき、今までめらめらとした嫉妬心がさめていくように思えた。あまりの青蜥蜴の見事な色彩によるものだろう。句集『山廬集（さんろしゅう）』より。

昭和2年作

薄衣五體（ごたい）祈りのこゑに充（み）つ　　龍太

薄衣は夏の着物の絽（ろ）とか紗（しゃ）のようなものであろう。その全身から祈りの声が満ちていた。尼僧であろうか、それとも信者の我（われ）を忘れた読経のさまであろうか。緊迫感のある光景で、五体投地の祈りがかすめた。句集『遅速（ちそく）』より。

平成2年作

兜虫（かぶとむし）ふみつぶされてうごきけり　蛇笏

土にいた兜虫を誤って踏みつぶしてしまった。足の裏に踏んだ感触があり、あわてて眺めると兜虫は平たくなりまだ歩こうとして脚を動かしていた。生命力の強さに驚いてじっと動くさまを見つめた。句集『春蘭（しゅんらん）』より。

昭和22年作

涼風のはげしきゆゑに嬰（こ）を返す　龍太

幼子（おさなご）をあずかり抱いていたが、あまりに涼しい風が吹いて来たので、風邪をひいてはと思いあわてて母の手に返す。長男秀實が前年の九月に生まれているので、この嬰児（みどりご）は秀實として鑑賞していいだろう。日常の一コマ。句集『百戸の谿（たに）』より。

昭和28年作

年寄りて信心かたし生身魂　蛇笏

生身魂は盆に故人の霊を供養するばかりでなく、生きている長老などに礼をつくすこと。年齢を重ねるにしたがって神仏を信じる心はかたくなになる。誰が何を言っても一筋の信心の姿勢を崩すことはない。句集『山廬集』より。

昭和4年作

白絣着て飛魚の眼のごとし　龍太

白絣であるから白地に紺・黒などの絣模様の着物。主に男性の若者や子供が多く着ていた。あたかも飛魚の眼のように感じられたのは、すがすがしい白絣に飛魚の飛翔の眼を見たのかもしれない。感性の新鮮な作。句集『山の木』より。

昭和48年作

観瀑（かんばく）のうちつれだちてをんなごゑ　蛇笏

納涼の滝見物であるが連れだったのは女性の連衆。あるいは女性の納涼観瀑俳句会を催したのかもしれない。滝しぶきが一団の上に飛んで嬌声（きょうせい）があがる。戦後の混乱期を明るく過ごしたひとときであったろう。句集『雪峡（せっきょう）』より。

昭和23年作

夕焼けて護国神社の裏しづか　龍太

明治維新以後、国家のために殉難した人の霊を祀（まつ）った招魂社が護国神社となり各県にある。夏の夕焼けが神社をつつんでいる。七月に盆会（ぼんえ）を催す所もあって参拝者も多い。神社の裏は夕焼けの中で静寂さをたもつ。句集『春の道』より。

昭和45年作

笛ふいて夜涼にたへぬ盲かな　蛇笏

盲の人が縁台で横笛を吹いて夜涼に身をさらしている。横笛の音は涼気が加わるとともに高くなり夜は更けていく。この句は盲の人であることで夜の涼しさを耐えるという表現が出てくるのではあるまいか。句集『山廬集』より。

大正6年作

涼風の一塊として男来る　龍太

ひと塊となって男が涼風のなかを来る。涼風の吹いている場所を読者がそれぞれ想起して鑑賞したらよい。夕暮れに下山して来る男たち。黒服の一団が夕風に吹かれて来る。この句のポイントは涼風と一塊。句集『遅速』より。

平成2年作

懐紙もてバイブルの黴（かび）ぬぐふとは　蛇笏

懐紙はたたんで懐に入れておく白い和紙ということで、菓子をとったり杯をふくときなどに使う。バイブルはキリスト教の聖書。見ることがあり聖書を手にすると黴が生えていた。懐紙でぬぐうとき心に憂いが残った。句集『家郷（かきょう）の霧』より。　昭和27年作

梅を干す真昼小さな母の音　龍太

梅干しの光景が的確に表されている。梅干しは夏の土用（どよう）に三日三晩夜露に当てて干す。真昼であるので暑さは頂点に達する中を母が丹念に梅を干している音が、かすかに伝わってくる。この年十月二十七日母は亡くなる。句集『麓（ふもと）の人』より。　昭和40年作

腹這（はらば）ひにのみて舌うつ飴湯（あめゆ）かな　　蛇笏

飴湯は見ることがなくなった。戦前は飴湯売りが歩いた。水飴を熱湯で溶かしたもので暑いときは熱いものを飲んで体調を整えた。腹ばいになって飴湯を飲んでいるのは、暑気中（しょきあた）りになり寝床に伏せているのだ。古い日本の風物詩。句集『山廬集（さんろしゅう）』より。

昭和3年作

幸福肌にあり炎天の子供達　　龍太

真っ黒に日焼けした炎天下の子供たちを眺めて感じたのは、幸福というものは健康で夏空に遊び回る子供の肌にあるものだと。「幸福肌にあり」という断定の素早さに龍太俳句の魅力の一端をうかがうことができる。句集『童眸（どうぼう）』より。

昭和31年作

鼈をくびきる夏のうす刃かな　蛇笏

鼈の血は昔から強壮剤とされていた。真夏のばてるときなど、この血を杯に一杯飲むと元気をとりもどす。鼈の首を切る光景は見たことはないが、薄い刃物で伸びた首を切り血を容器に採取する様子が浮かんでくる。句集『霊芝』より。昭和11年作

捨てにゆく子猫鳴くなり夕焼空　龍太

夕焼けが盆地の西空を一面に染めている夕暮れどき、子猫を河原か山に捨てに行く。子猫の鳴き声が夕焼けの中でさみしくきこえる。捨てるにはしのびないが、十匹をこす猫がいてはどうにもならない。夕焼けがその心理を表す。句集『忘音』より。昭和42年作

わが好む白ふんどしの裸かな　蛇笏

海の男は赤ふんどしが多いのではあるまいか。山国にあっては白ふんどしが男の気っ風(きっぷ)をあらわす。軍隊に入った人はふんどしを今も好む人がいる。蛇笏も白ふんどしを好んでいたのを作句した。しかも崩れない格調の作。句集『山廬集(さんろしゅう)』より。

昭和3年作

夏の雲湧(わ)き人形の唇(くち)ひと粒　龍太

夏の雲は入道雲の呼称があるように、青空へ真っ白な雲が豪快にわきあがる。室内に置かれている、京人形や博多人形が想起されるのは「唇ひと粒」の表現による。夏雲の生命力と人形の深紅の唇との対比が面白い。句集『麓(ふもと)の人』より。

昭和34年作

河童忌あまたの食器石に干す　蛇笏

芥川龍之介の忌日を河童忌（かっぱき）と呼ぶ。昭和二年七月二十四日に自殺した。蛇笏とは手紙のやりとりのあった関係。龍之介の忌日に家族の多くの食器が石の上に干され日光の直射を浴びて健康的。それとは対照的な芥川の死。句集『椿花集（ちんかしゅう）』より。

昭和31年作

海の月まぶしくつつむ老裸身　龍太

海に月がのぼり明るさが沖まで輝かす。真っ黒に日焼けした海の老人が真っ裸で月明に向かって立っている。そんな情景がかすめる。月光もまぶしく老裸身をつつんで、海に一生を捧（ささ）げた男に賛歌をおくる。句集『童眸（どうぼう）』より。

昭和31年作

城番に松の月すむ蚊やりかな　蛇笏

蚊やりは渦巻きのものがいい。城番の小屋ではことに渦巻きの蚊取り線香でなくては情緒がわいてこない。しかも松の枝に澄む月がある夜などはなおさらのこと。城番と蚊やりの配置が日本に残る美の情感を表す。句集『山廬集（さんろしゅう）』より。

大正2年作

極暑の夜父と隔たる広襖（ひろぶすま）　龍太

蛇笏の書斎は囲炉裏（いろり）のある一番奥の部屋。暑さも極まった感じの夏の夜。父の仕事部屋との境は四枚の広い襖が厳然と閉ざしている。俳句作法で「父と隔たる」という感慨を閉ざしてある広襖から感じられた。句集『童眸（どうぼう）』より。

昭和31年作

暁けしらむ青蚊帳に婦のねしづみぬ　蛇笏

真夏の夜明けのはじまるのは午前四時ごろからであろう。まだ蚊帳のなかの婦人は寝静まっている。蚊帳は木綿や麻で作られた蚊を防ぐ寝具。風情のあるもので青緑や乳白色が多かった。現在は絶滅寸前の季語となる。句集『雪峡』より。

昭和26年作

老牧夫土用の丑の日の町へ　龍太

今年の土用の丑の日は二十一日であった。暑さに負けて体もぐったりするときに土用の丑の日が訪れる。山麓の牧場の老夫が丑の日のうなぎを求めに町へ出ていく。庶民生活の中で土用の丑の日は忘れてはいけない大事な日。句集『涼夜』より。

昭和52年作

蚊帳(かちょう)つる釣手の音に眠入(ねい)るなり　蛇笏

蚊帳(かや)は四隅に真鍮(しんちゅう)の釣り手がついて部屋に吊(つ)るようになる、麻や木綿でできている少し厄介だが蚊を防ぐもの。寝室に青や白の蚊帳が張られると日本の夏の涼気が増す。四隅の真鍮の音が吊るときに触れてひびく。句集『山廬集(さんろしゅう)』より。　明治40年作

石垣に花嫁の影西日の鶏(とり)　龍太

境川・小黒坂は山腹にある集落であるから家々は石垣が多い。夏の結婚式は何か事情があってのこと。石垣に花嫁の影がくっきりとあり、真夏の太陽は傾いて西日の猛暑。その中で鶏が不思議そうに花嫁を見つめている。句集『麓(ふもと)の人』より。　昭和35年作

洗ひ馬背をくねらせて上りけり　蛇笏

農家が牛馬の力によって農耕を維持していた時代は終わり、現在では馬洗う風景など見ることはない。田植え時など馬も多忙で夕暮れには、汗や泥を川などで洗い流し疲労回復につとめる。川から身をくねらせ気持ちよさそうに馬が上がる。句集『心像（しんぞう）』より。

昭和17年作

寺の庭とほる水着の雫（しずく）たれ　龍太

海かプールが寺の庭の向こうにあるのだ。近道で水泳のあと部屋に帰るには寺の庭を通っていく。水着から雫がたれて土が点々と濡（ぬ）れている。寺の庭を水着の人が通るという設定に俳諧の新鮮さが感じられる。句集『春の道』より。

昭和43年作

花活くる袂くはへて鵜匠の娘　蛇笏

長良川鵜飼四十五句がこの年発表される。前書に「鵜匠ノ頭山下邸に案内され同氏の懇ろなる説明をきく」とある。鵜匠の家に来ると花を活けている娘がおりその動作を俳句にした挨拶の心のある作。句集『山響集』より。

昭和14年作

雲の峰おのれに甘えゐる間なし　龍太

山脈の上にわきあがってくる夏雲は、まさに雲の峰の言葉がぴったりする。土用にそんな雲の活力を眺めると、自分自身に甘えて仕事をのばしている間のないことを自覚する。己に厳しい表情が克明に見えてくる。句集『今昔』より。

昭和56年作

炎昼のふくらみすぎし旅鞄　蛇笏

この時代は大陸の旅行をはじめ、「雲母」四百号記念大会が各地で催されたので旅は多かったであろう。鞄の中に必要のものだけを入れて軽くするのが旅行のコツ。炎昼の汗を流しながら、ふくらみすぎた鞄を見つめる。句集『雪峡』より。

昭和25年作

句集世に湧き八方に蟬わめく　龍太

世の中に句集が次々に出版され湧いてくる印象をうけるのは、この時代が最初。俳句の綜合雑誌社が増加し、句集の出版も多くなった。何か現在にぴったりと合っていると思うのは句集出版が八方に蟬が鳴くように増えていることだ。句集『童眸』より。

昭和30年作

夜の秋や轡かけたる厩柱　蛇笏

夜の秋は夏の終わりの夜の涼しさに秋を感じること。虚子の発案で夏の季語となった。馬屋の柱に轡がかけてある。轡は馬の口にふくませる金具で馬を使う上には必要なもの。馬屋の柱の轡の光に秋は近い。句集『山廬集』より。

昭和6年作

夜の秋のさびしき臍のあたりかな　龍太

秋の気配が五体に感じられる、夏も終わりに近くなった夜。日中の暑さは衰えていないが、朝と夜は涼気が流れて気持ちのよい季節。夜の涼しさに臍のあたりが何やら寂しさを感じる。涼しさが腹部を冷え冷えとさせたのだ。句集『遅速』より。

昭和62年作

ゆかた着のとけたる帯を持ちしまま　蛇笏

夏の気だるさと老いの寂しさが溶けあっている。浴衣を着てひと夏を涼しく過ごした。帯がとけている端を手に持ったまま家の中を歩いている。「持ちしまま」により結ぼうとしない家族だけの家の自由さが見えてくる。句集『椿花集(ちんかしゅう)』より。　昭和34年作

天寿おほむね遠蟬(とおぜみ)の音に似たり　龍太

天寿はその人が天からさずかった寿命。人によって違うが、遠くで鳴いている蟬の声に似ているようだと思う。天寿はかすかであるが鮮明な声で鳴く遠くの蟬のように感じられる。作者の感性であるが、そう表されると納得する。句集『今昔(こんじゃく)』より。　昭和55年作

温泉(ゆ)の神に燈(ひ)をたてまつる裸かな　蛇笏

前書に「西山温泉」とあるように右肺浸潤の龍太のための湯治である。たまたま億兆会の人々と句会を開き、その折の作で、岩風呂の奥には温泉をつかさどる神が祀(まつ)られており、灯明を裸のままであげたという内容。句集『白嶽(はくがく)』より。

昭和16年作

バイブルは常に重き書夜の秋　龍太

バイブルはユダヤ教やキリスト教の聖書。ホテルには必需品のように置いてある。簡易ホテルでも置いてあるのは何故(なぜ)か。手にとると思ったより重量感があり俳人の歳時記を思う。夜の涼しさに秋を感じるのは一人の宿泊。句集『忘音(ぼうおん)』より。

昭和40年作

草ざしに渓魚二三尾夏休暇　蛇笏

渓魚は山女(やまめ)か岩魚(いわな)ではあるまいか。渓谷深く入って釣ったものを草の穂茎に通しているので、本格的な釣り師の支度ではない。その答えは夏休暇にある。かつて少年時代に釣りを楽しんだものを再現してみたのだ。句集『雪峡(せっきょう)』より。

昭和26年作

叱(しか)る声泣く声きこゆ夜の秋　龍太

七月の末は夏であるが、夜の風は秋を感じさせる「夜の秋」の季節。隣家から叱る声、子供の泣く声が筒抜けにきこえて、夜の秋の静寂さが浮かびあがってくる、農村生活の一コマである。句集『忘音(ぼうおん)』より。

昭和41年作

草庵(そうあん)の壁に利鎌(とがま)や秋隣り　　蛇笏

草ぶきの小屋の壁にはよく切れそうな研ぎ澄まされた鎌が並んでいる。夏が終わりいよいよ実りの秋に季節は進んでいく。刈り入れに際して用意周到な感じをうける利鎌の光であり、秋隣りの季節感がどっしり座る。句集『山廬集(さんろしゅう)』より。　明治40年作

晩涼(ばんりょう)やおのおの語る古俳諧　　龍太

晩涼は夕暮れどきの涼しさで夏の季語。晩涼を夜の更けてからの涼しさと思っていたが、どの辞書にも夕方の涼しさとある。古俳諧のよろしさを話していたが、いつか夕暮れの涼しさが部屋の中に流れていた。句集『山の木』より。　昭和48年作

洟（はな）かんで耳鼻相通ず今朝の秋　　蛇笏

大正三年の蛇笏はホトトギス雑詠欄の巻頭を三度収めた初期の充実期。今朝の秋は立秋の朝と解していいだろう。洗面の折など鼻をかむと、耳鼻が通じていることを感じる。さわやかな立秋の朝であればなおさらのこと。句集『山廬（さんろ）集（しゅう）』より。　大正3年作

三（さん）伏（ぷく）の闇（やみ）はるかより露のこゑ　　龍太

三伏は夏至後の第三の庚（かのえ）の日を初伏とし、中伏、末伏とある。末伏は立秋後となる。この句に中伏の感じがするのは、露の声を闇夜の彼方（かなた）から感じたからだ。目に見えるものは一切省略し闇の遥（はる）かな露の声に焦点を合わせた。句集『山の木』より。　昭和48年作

霊芝とる童に雲ふかき甌窶かな　蛇笏

霊芝は霊妙なはたらきのある茸の類で万年茸ともいう。甌窶は高地の狭い場所と辞書にある。してみると山の子が霊験あらたかな霊芝を採りに、雲のたなびく奥山のガレ場にきている。霊芝が甌窶の言葉で薬効を高める。句集『霊芝』より。

昭和11年作

迎火のとろりと浮ぶ下山口　龍太

盆の十三日の夕暮れは迎え火をたき先祖の霊を迎える日。山から下りて集落の見える下山口に立つと、迎え火が露めくなかでとろりと燃えているのが浮かぶ。今日から盆に入る感慨が山から下りてきてわいてくる。句集『山の木』より。

昭和46年作

ひぐらしの鳴く音にはづす轡（くつわ）かな　　蛇笏

ひぐらしは日暮と書くように、夕暮れに鳴く声は一段と秋の深まるわびしさがある。よくひびく声で「カナカナ」と薄く澄んだ金属質の声で鳴くひぐらしは日本の秋の情感を深める。轡を馬からはずす作業に調和する声である。句集『山廬集（さんろしゅう）』より。　明治43年作

炎天に筵（むしろ）たたけば盆が来る　　龍太

炎天下の筵を棒で力いっぱいたたくと、その音に盆が近づいて来る。養蚕の後片付けをして盆を迎えるのは三十年以上前の養蚕農家の仕事。かつて山梨県の東部方面では七月十三日盆を実施するところが多かった。句集『忘音（ぼうおん）』より。　昭和42年作

子のたまをむかへて山河秋の風　　蛇笏

長男・三男の戦死が確定して霊を迎えての盂蘭盆（うらぼん）である。過去の思い出が走馬灯のように次から次へと悲しみをはこぶ。故郷の山河は秋風が吹き憂愁の思いが深む。「たまをむかへて」の平仮名表記が静寂さを増す。句集『雪峡（せっきょう）』より。

昭和22年作

乙女らの頸（くび）が蚕（こ）の色盆の路　　龍太

盆は学校も夏休みに入り村の路を通る少女たちの首の色が、何か上蔟期（じょうぞくき）の蚕の色に思えた。青白く透き通った首は清純な感じの少女のもの。こうした感性ある作は一瞬にして少女の首を蚕の色として把握する。句集『麓（ふもと）の人』より。

昭和40年作

にぎやかに盆花濡（ぬ）るる嶽（たけ）のもと　蛇笏

いろいろの花を切ってバケツに入れておき整理して盆花にする。外に出しておくと露にぬれて花が一段とかがやいてみえる。周囲の山嶽が盆花の輝きをめざして近づいてくるような感じをうける。戦死した二人の子の新盆。句集『雪峡（せっきょう）』より。

昭和23年作

夕闇（ゆうやみ）のうしろ重たき盆の村　龍太

何人もの肉親を闇の世に送ってしまった盆は夕闇さえも重く感じられる。小黒坂の村の灯も暮色が重く迫ってきている。それは二年前に父の死があり戦後間もなく二人の兄が戦死、次女を急性脳炎で亡くしている。句集『麓（ふもと）の人』より。

昭和39年作

流燈（りゅうとう）や一つにはかにさかのぼる　蛇笏

蛇笏俳句が大正期に確立した理論は「霊的に表現されんとする俳句」であった。流灯は盆の最終日に先祖の霊を小形の灯籠（とうろう）に祀（まつ）り川に流す行事。その一個の灯籠が川の流れに添わず、急に逆流したのだ。この現象に霊的さをみる。句集『山廬集（さんろしゅう）』より。　大正9年作

ひぐらしの声肌に沁（し）む浴後の子　龍太

盆を過ぎるとにわかに蜩（ひぐらし）の鳴く声が多くなりカナカナと秋の深まる哀愁がある。夕暮れの入浴後、子供の肌に蜩の声が染み込んでいくように激しく鳴く。浴後の子供の姿態があることで蜩の哀愁は消えていく。句集『童眸（どうぼう）』より。　昭和31年作

盆の月子は戦場のつゆときゆ　蛇笏

この年戦死の公報が長男聰一郎、三男麗三と相ついで届いた。盆の月が赤く大きく山から出てきたのを眺めていると、戦場に消えた子の新盆であることが悲しみを深くする。「つゆときゆ」の中にこらえた悲哀を感じる。句集『雪峡（せっきょう）』より。

昭和22年作

夜のベンチに忽（こつ）とある登山杖（とざんづえ）　龍太

夜のベンチであるから境川のあちこちにある広場のベンチと考えてもいいだろう。忽とベンチに立てかけられている登山杖に関心がわく。誰（だれ）がどこに登山するのであろう。忽に登山杖の行方が気になる。句集『今昔（こんじゃく）』より。

昭和55年作

盆の昼人に背見せて閑談す　蛇笏

盆の昼は休暇という意識もあるので、家に客を迎えても静かにのんびりとした話を楽しんでいる。他人に背を見せることは明治生まれの人にとっては油断を相手に感じさせることになる。それだけ親しい人との閑談である。句集『椿花集』より。　昭和36年作

秋めくや肌白かりし母のこと　龍太

秋の季節は白色との関係が昔から深いものがあった。八月の終わりごろになると日に日に秋の気配が濃くなる。そんな秋めくなかで、ふと母親の肌の白さを思い浮かべた。母菊乃の逝去は昭和四十年十月二十七日。句集『山の影』より。　昭和58年作

地蔵盆負ふ児曳く児に蛍籠　蛇笏

地蔵盆は八月二十四日に催す。地蔵は子供を守ることから中心が子供となり祭りを開くところが多く、辻に立つ地蔵尊の衣装を新しく取り替える。子を背負い手をひき帰る親の愛情に露天商で買った蛍籠が揺れている。句集『椿花集』より。

昭和35年作

娘も客のひとりに加へ展墓行　龍太

盆会が終わり仏が墓地に帰ると、お参りするところが多い。結婚して家を出ていった娘も、墓参りには正式の客として迎える。墓参のあとの供養の席も客のひとりとして扱うことになる。展墓行は墓参りのこと。句集『涼夜』より。

昭和52年作

梅干して秋暑にたへぬ老尼かな　　蛇笏

梅雨が長く土用(どよう)の梅干しが秋暑となってしまったが、初秋のただならぬ暑さで梅干し作業は可能である。しかも老尼であるならば、そんなに多くの梅ではあるまい。梅を干すことで秋暑に耐えている老尼の姿が鮮やか。句集『椿花集(ちんかしゅう)』より。

昭和33年作

深山(みやま)蟬(ぜみ)肉親ははや前になき　　龍太

深山蟬という種類はないが山に入ると一山が蟬に埋まるように鳴いているときがある。兄の戦死、父母の死、伯父叔母の死などを考えると、自分より年長の肉親はすでに誰(だれ)もいない。深山蟬の澄んだ声がそれを知らせる。句集『山の影』より。

昭和57年作

岩をかむ人の白歯や秋の風　蛇笏

前書に「狂人某(なにがし)人々に縛せられて藤垈(ふじぬた)の滝にうたる」とある。現在も境川の公園となって藤垈の滝は落ちている。水の冷たさは湧水(ゆうすい)であるから夏でも手を長く入れられないほど。昔はこうして狂人を正常に戻した。句集『山廬集(さんろしゅう)』より。

大正4年作

枝(え)にかけし魚籠(びく)の飴色(あめいろ)炎暑去る　龍太

魚籠は長い間使用すると貫録が出て茶褐色の飴色となる。編んだばかりの魚籠は竹の緑色があり落ちつかない。山女(やまめ)釣りも炎暑が去り秋めいてくると終わりに近くなる。枝にかけてある魚籠の色が今年の釣果を物語る。句集『山の木』より。

昭和46年作

なまなまと白紙の遺髪秋の風　蛇笏

前書に「妻女鵬生に託されたる一握の遺髪を公報に接しはじめて示す」。政府からの骨壺（こつつぼ）は名札のみで何も入っていなかったが、出征のとき髪を遺していったことを妻俊子が報告する。白紙の上の黒髪と秋風の寂しさはいかばかり。句集『雪峡（せっきょう）』より。

昭和22年作

義民のことなど八月の姫女苑（ひめじょおん）　龍太

義民は正義、人道のために一身をささげる民。義民といえばすぐ浮かぶのが江戸時代の佐倉惣五郎である。六月ごろから花の咲く姫女苑だが、八月に入っても咲く繁殖力旺盛な帰化植物から義民のことをふと思い出した。句集『春の道』より。

昭和45年作

秋口の雨にぬれたる岩魚釣（いわなつり）　蛇笏

秋口という言葉に山峡の冷え冷えした朝夕の季節が表されている。雨の日であればなおさらのこと。岩魚は水温が山女（やまめ）より低い川でないとすまないので山深い場所。秋雨にぬれても竿（さお）をたたまない釣り師の根性がのぞく。句集『春蘭（しゅんらん）』より。

昭和17年作

ひぐらしに病む暁（あかつき）は尊き刻　龍太

前書に「盲腸炎手術のため愛宕仮病舎に入院、句友細田壽郎・小沢麻男両医の厚情に旬日を過す」とある。明け方に鳴く蜩（ひぐらし）が涼気をはこび、これからの炎暑を忘れさせる尊い時である。事実は七月末の手術であった。句集『百戸の谿（たに）』より。

昭和25年作

蟬（せみ）おちて鼻つく秋の地べたかな　　蛇笏

この句を読むと、俳句はいかに対象を正確に見つめて表す文芸であるかを、つくづく思い知ることができた。秋に入り蟬が木から落ちる様子が、鼻つく地べたという表現で、短い蟬のいのちを的確に伝える。句集『霊芝（れいし）』より。

昭和11年作

桃の香のなかに夜明けの蚤（のみ）帰る　　龍太

蚤、虱（しらみ）は昭和二十年終戦直後の家庭に蔓延（まんえん）したが消毒の徹底した成果で今は見ることはない。寝床の中で人の血を吸った蚤は夜明けになると桃の香りのなかを帰っていく。蚤に焦点をあてた面白い作。句集『麓（ふもと）の人』より。

昭和35年作

樵夫（しょうふ）らの負ふ子牽（ひ）く子に地蔵盆　蛇笏

樵夫は山の木を切り出す人。地蔵盆は八月二十四日ごろ行う地蔵菩薩の法要会（ほうようえ）。子供が中心のお祭りであるが、関東地方より関西方面が盛んである。樵夫の背中に子供、手を引いて行く子と幸福感が満ちている。句集『家郷（かきょう）の霧』より。

昭和27年作

望楼の白壁に蟬（せみ）木歩忌か　龍太

望楼は遠くを見わたす高い建物。消防署などにあるが、白壁の望楼によって古い建造物の感じがする。そこに蟬がすがりつき最後の秋の鳴き声をあげる。木歩は関東大震災の折に二十七歳で没した歩行不能の俳人であった。句集『山の影』より。

昭和59年作

秋冷や咳きつかれたる夜の汗　蛇笏

次の前書がある。「気管支炎にて東京滞在旬日」。東京で気管支炎となり夜になると咳が止めどなく出て、汗が体全体からわき出る。秋に入って季候の変化と疲れによって気管支炎を起こしてしまったのだ。雲母四十周年記念の年であった。句集『家郷の霧』より。

昭和29年作

露の父碧空に齢いぶかしむ　龍太

朝露のたちこめている空の青さに目をみはっている父が、何か自分の年齢をいぶかしんでいる。それは地に降った露のきらめきと、青さがつつ抜けの空の美しさに魅了されているためであろう。句集『麓の人』より。

昭和34年作

高原の爽気身にしむ登山隊　蛇笏

秋の高原ともなると、さわやかななかのひややかさをしみじみ感じる。登山の人たちが整列して爽気を肌に引き締めている。秋の山といえども初雪をおき登山隊は身をひきしめ緊張がわいてくる。句集『家郷の霧』より。

昭和30年作

秋の空わが身に夜の匂ひなく　龍太

秋の澄んだ青空の下にあって、自分自身の歩んだ道を振り返ると、何と夜の遊びの匂いがないことか。秋のさわやかに晴れわたった山峡にあって、第一句集『百戸の谿』を出版した直後の感慨であるのだ。句集『童眸』より。

昭和29年作

つぶらなる汝が眼吻はなん露の秋　蛇笏

大正三年から同四年は蛇笏俳句の初期のピーク時。ホトトギス巻頭が連続五回続いた。小説的な構想をもって、霊的な表現を試みた時代の作。まん丸く可愛いお前の目に接吻するのも、露のきらめく秋の大自然の中。句集『山廬集』より。　大正3年作

振り向いて鰥夫の顔のいぼむしり　龍太

鰥夫は妻をなくした男性のこと。いぼむしりはかまきりで、怒りっぽく鎌状の前肢を振りあげて向かってくる。このかまきりの性格を鰥夫の顔と合わせて表現した俳諧性のある作。鰥夫の顔がかまきりとは。なるほど。句集『遅速』より。　平成2年作

秋の闇（やみ）したしみ狎（な）れて来りけり　　蛇笏

闇は四季を通じてそれぞれちがい、その暗さの情感に差がある。なかでも秋の闇が最も深いのは、逆に月の明るさが強いためか。そんな秋の闇に親しみが湧（わ）いてきたのだ。秋の一字がこの句を深くしている。句集『霊芝（れいし）』より。

昭和11年作

露の子の急ぐ尻（しり）うつ長かばん　　龍太

那須高原での作。朝の高原はいっぱいの露がおりる季節である。肩から掛けたかばんは長く急ぐ生徒の尻をうち、ズボンの裾（すそ）は露にぬれている。そんな情景を「露の子」と省略した表現をとる。尻うつの実景が面白い。句集『童眸（どうぼう）』より。

昭和30年作

人肌のつめたくいとし秋の蟵（かや）　蛇笏

蟵は蚊帳（かや）のことで、今になると蚊帳には嫋嫋（じょうじょう）たる雰囲気があった。蚊を防ぐために麻布や絽（ろ）・木綿などを吊（つ）り下げて寝床をおおったもの。蚊帳の中で触れた人の肌の冷たさを大事に可愛（かわい）がりたい気持ちがした。人肌は子供か妻か。句集『霊芝（れいし）』より。昭和11年作

鯔（ぼら）さげて篠（しの）つく雨の野を帰る　龍太

鯔は出世魚で、大きさで名前が違ってくる。ハクは二―三センチ、オボコは三―十八センチ、イナは十八―三十センチ。ボラになると三十センチ以上。どしゃぶりの雨の中を釣ったボラを草茎にさして帰る、そんな景が浮かぶ。句集『今昔（こんじゃく）』より。昭和52年作

児をだいて日々のうれひにいわし雲　蛇笏

作句年をみると長男戦死の公報が入った年の作。父の顔を知らない幼子を残して戦場の露と消えたことへの憂いは言葉では言いあらわせないものがある。だいている幼子は憂いのない笑顔。その上に鰯雲が連綿として広がる。句集『春蘭』より。　昭和22年作

月の道子の言葉掌に置くごとし　龍太

陰暦八月十五日は仲秋の名月。晴夜の満月を拝みたいものだ。月夜の道を子供と話しながら行くと、一語一語を嚙み締めるように話す子供の言葉が、掌にのっていくように感じる。子供は幼児で言葉をおぼえたてではなかろうか。句集『童眸』より。昭和30年作

草童のちんぼこ螫（さ）せる秋の蜂（はち）　蛇笏

都会ではなかなか見ることのできない光景である。野原で小便をしていた子供の局部を秋の蜂が刺した。きっと泣き叫び大変であったろう。秋の蜂はことに刺されると痛い。草童は山野の子供で納得のいく言葉だ。句集『山響集（こだましゅう）』より。

昭和13年作

露ふかし山負うて家あることも　龍太

九月に入ると露も日に日に深くなる。山中ではことに樹木から露が降ってくる。一戸一戸の家が山を負って生活する地方にとっては、朝の露の光は今日を生きている感慨を強くする。山村の秋の輝きは澄んで胸をうつ。句集『山の影』より。

昭和56年作

秋果つむ荷船の雞（とり）もときあげぬ　蛇笏

秋の果実の柿、葡萄（ぶどう）、梨を積んで市場に運ぶ荷物運搬船に雄鶏（おんどり）が積まれていた。大きなときの声をあげて鳴いた雄鶏に目が集まる。貨物船に積まれている雄鶏が、ときの声で鳴いたことに面白さがあるのだ。句集『山響集（こだましゅう）』より。

昭和12年作

吹き降りの煙草屋（たばこや）を出る秋祭　龍太

秋祭りというのに風が吹き、雨が横なぐりに降っている。そんな中を村の煙草屋から傘を斜めにして出る。今日の秋祭りは雨で延びるのであろうか。あたかも秋祭りが煙草屋から出てくるようだが、出てくるのは作者本人。句集『春の道』より。

昭和44年作

文殊会の僧月にひく鳴子かな　蛇笏

文珠会は文珠菩薩の名号を唱えて供養する法会。田舎の寺の僧が文珠会を終えて、満月を眺めながら鳴子の綱を引くと、カラカラと澄んだ音が月光の中で鳴った。文珠会の僧が鳴子を引いたことに俳諧心が高ぶる。句集『山廬集』より。　大正9年作

露の土踏んで脚透くおもひあり　龍太

前書に「九月十日急性小児麻痺のため病臥一夜にして六歳になる次女純子を失ふ」とある。幼児の一番可愛い年齢であり、その子が一夜にして嘘のように亡くなった。悲しみをこえて露の土に立つ脚が消えていく思い。句集『童眸』より。　昭和31年作

えんやさと唐鍬（とうぐわ）かつぐ地蜂（じばち）捕（とり）　蛇笏

地蜂を捕りに行く農民の意気ごみが、えんやさという掛け声に感じられる。唐鍬をかついでいくのは地蜂の巣を掘り起こすため。何段にも重なった巣に蜂の子がぎっしり詰まっているのを炒（い）ったり煮たりして食べる。句集『山響集（こだましゅう）』より。

昭和13年作

牧水忌簾（す）越しに秋の岬見え　龍太

若山牧水は昭和三年九月十七日に逝去。生前に蛇笏と親交があり、山梨県立文学館には牧水の蛇笏宛（あて）の手紙が展示されている。簾（すだれ）を透いて秋めく岬が見える景に、牧水の忌を偲（しの）び彼方（かなた）の海を見る。ホテルからの景観であろう。句集『山の影』より。

昭和56年作

郁子(むべ)いけて白蚊帳(しろがや)秋となりにけり　蛇笏

郁子は卵形の暗紫色の実を秋につけ山野に自生する植物。その実と蔓(つる)を壺(つぼ)に活(い)けると、寝間の白蚊帳に秋の気配が漂ってくる。郁子と白蚊帳の取り合わせに不思議な俳諧が生まれ、かすかに人の匂(にお)いを感じる。句集『春蘭(しゅんらん)』より。

昭和18年作

父母を呼ぶごとく夕(ゆう)鵙(もず)墓に揺れ　龍太

次女純子の死に対する一連の作「滅後の色」の中の一句。夕暮れどきに墓参に行くと鵙が鋭い声で鳴いていた。それは次女純子の、父を母を呼んでいる声のように感じられた。悲しみはこうした鳥の声にも胸をえぐられる。句集『童眸(どうぼう)』より。

昭和31年作

別(わか)れ蚊帳(かや)霧じめりして干されけり　蛇笏

九月も半ばごろになると寝室に吊(つ)った蚊帳も取り込む季節。しかも干した蚊帳は霧にしめってしっとりとしている。情感のある別れ蚊帳という季語も現在では見ることは少なくなった、やがて消えていく季語の一つ。句集『白嶽(はくがく)』より。

昭和17年作

ひとごとのごとき齢(よわい)も秋の澄み　龍太

作者五十二歳の折の作。人生の半ば以上をいつしか越えた年齢になったことを、秋空の澄みわたった下で感じる。何か五十歳をこえたことを他人事(ひとごと)のように考えていたのに、自戒の念を抱いての作である。句集『山の木』より。

昭和47年作

秋風やいのちうつろふ心電図　　蛇笏

前書に「北海渡道を案じ小沢・細田二氏共に来り懇ろに診察す」とある。小沢麻男・細田壽郎の二人の医師は俳人。心電図を撮影しての診察を行う。秋風が吹き過ぎて行くなかで、心電図の波形曲線が衰えていくようだった。句集『椿花集（ちんかしゅう）』より。　　昭和32年作

月出（い）でて夜風脛（すね）吹く夫婦愛　　龍太

秋の月は潤いがあって輝きに明るさがある。前年九月十日に次女純子が亡くなっているので思い出を夫婦で話している。月の出を見ながら脛を夜風が涼しく吹き過ぎていく。夫婦愛とはこんな静かな一時ではあるまいか。句集『童眸（どうぼう）』より。　　昭和32年作

新涼の燭ゆれあうて誕生日　蛇笏

誰の誕生日であろうか。初秋の涼しさがテーブルに灯るロウソクの火にもおよぶ。新涼は夏を抜けた涼しさで何か夏の終わった安堵感もある。誕生日のケーキの火がかすかに揺れ新涼をもたらす。句集『白嶽』より。

昭和15年作

鰯雲母が草取る音休む　龍太

蛇笏三周忌墓参法要が境川・小黒坂の雲母社でこの年開かれた。空に鰯雲が粛粛と進みその下で母が庭の草取りをしている。三周忌を前にして手を出さずにいられない。草を取る音も休みがち。翌年十月その母は亡くなった。句集『麓の人』より。

昭和39年作

菱（ひし）採（と）りのはなるるひとり雨の中　　蛇笏

菱は池や沼に生え、秋になると菱形の実を結び食用になる。舟を浮かべて菱の実を採る作業を何人かでしている。ひとりが皆から離れて採っている。しかも、小雨が降っているなかであれば、わびしさが深まってくる。句集『椿花集（ちんかしゅう）』より。　昭和33年作

雁（かり）鳴くとぴしぴし飛ばす夜の爪（つめ）　　龍太

雁が夜を渡っていく季節。縁起をかつぐ人は夜爪を切ることはしないが、そんな迷信をとりあわない人もいる。夜空の雁の声をききながら、ぴしぴしと爪を切る。雁の声と爪を切る音が情感を深める。句集『百戸の谿（たに）』より。　昭和25年作

地をふみて秋を侘(わ)びしき鵜匠(うしょう)かな　　蛇笏

この年、長良川鵜飼の作を四十五句発表しているが、この句はその後の作。夏が去って長良川も静かになってくる。鵜飼で華やかだった鵜匠も一抹の侘びしさがただよう。地をふみ川を眺め、秋の深むさびしさが身をつつむ。句集『山響集(こだましゅう)』より。

昭和14年作

鬼ヤンマ村の酒屋に灯がつきし　　龍太

鬼ヤンマは日本のトンボの中で最も大きく体長が十センチくらいになる。村の酒屋に電灯がついたとき、鬼ヤンマが空へ飛んで消えていった。酒屋に電灯がついた一瞬の鬼ヤンマを見逃さなかった。句集『今昔(こんじゃく)』より。

昭和55年作

秋の燭（しょく）強し死おもふ枕上（まくらがみ）　蛇笏

秋のともしびは同じ燭光でも空気が澄んでいるので明るく強い感じをうける。寝床の枕上に置く電気スタンドは秋の澄んだ冷たさがあり、一瞬死の世界のことを思う。前書に「夜々のめざめにノートをそなふ」とある。句集『家郷（かきょう）の霧』より。

昭和30年作

穴まどひ風が野菊の花に消え　龍太

穴まどいは冬眠のために蛇が穴を探していること。うろうろとどこの穴に入ろうか迷っている蛇が、秋風の吹いている野菊の花に風が消えるように、やがて消えていく暗示がこもっているような気がする。句集『山の影』より。

昭和57年作

ながき夜の枕かゝへて俳諧師　蛇笏

夜の長さに俳句を考えているがなかなかまとまらない。前書に「半宵眠さむれば即ち灯をかゝげて床中句を案ず」とある。なかなか俳句は浮かばず枕までかかえる。そんな状態をそのまま俳句としたところに俳諧師の実力が見える。句集『山廬集』より。

大正6年作

別々の道来て会へる露の寺　龍太

寺に行くときは別々の道をとってきたが、寺に着いてみると一緒になっていた。露の寺の設定により、余情の深まりのある俳句となって、人生のあれこれを考えさせられ、露が草木に輝いている寺に安堵感がわく。句集『山の影』より。

昭和56年作

友情をこころに午後の花野径(はなのみち)　蛇笏

秋の午後、気の置けない友が来て、花野の小道を話しながら歩いていく。花野は初秋から仲秋にかけて秋の草花が咲いているところ。その中の小道を草の名前などを話題に進んで行く。友情に蛇笏の思いがにじむ。句集『椿花集(ちんかしゅう)』より。

昭和35年作

燭(しょく)はいま祈りの在(あ)り処(か)秋の風　龍太

ロウソクの燭が明るくともり、いまこそ祈りを捧(ささ)げるときである。秋の風が火にかすかに触れて炎が揺れる。民家の仏壇より寺の本堂の太いロウソクの方が、いま祈りの在り処であることを認識させるものがある。句集『山の影』より。

昭和58年作

地に生きて人を忘る、露の秋　蛇笏

懸命に大地を耕作して生きた時代の作。食糧難の時代で少しでも米麦の増産をすることに夢中になって生きた。戦争の無残さをしみじみと感じる。そんな中で秋ともなれば露が大地に輝いて自然の美しさを伝える。句集『家郷（かきょう）の霧』より。

昭和27年作

露の夜は山が隣家のごとくあり　龍太

露がいっぱい降る夜は晴れた日が多い。近くの山々が露の反射によって隣家のように見える。自然と人間の一体感が理屈ではなく表されている。山が隣家に感じられるのは大気が冷えて家や大地、草木に水滴が輝くからだ。句集『遅速（ちそく）』より。

昭和62年作

ひややかに秋は関取児(こ)をつれて　蛇笏

秋場所が終わって関取が子供をつれて歩いている。関取といえば十両以上の力士を敬っていう言葉。子供をつれている関取の姿は田舎ではあまり見ない。ひややかに秋を感じる中の関取と子供の取り合わせを考えさせられる。句集『雪峡(せっきょう)』より。　昭和25年作

露の村恋ふても友のすくなしや　龍太

この年には境川村小黒坂の山廬(さんろ)に定住を決意し、俳句も「紺絣(こんがすり)春月(しゅんげつ)重く出でしかな」で雲母巻頭となる。しかし、長い間の東京暮らしもあって、露のきらめく美しい境川村を慕っても、村に友の少ないことを嘆く。句集『百戸の谿(たに)』より。　昭和26年作

山がつに雲水まじる夜学かな　　蛇笏

山仕事を主にする人にまじって修行僧が夜学にきていることは特異の光景ではあるまいか。この時代は夜学が盛んで、田舎でも教師が夜の間、青年に勉強を補習した時期があった。山がつと雲水の夜学の取り合わせに妙味あり。句集『山廬集(さんろしゅう)』より。　昭和5年作

露の村墓域とおもふばかりなり　　龍太

龍太第一句集『百戸の谿(たに)』の特質がよくおよんでいる作。露のきらめく村がまるで墓地のように感じられた。三人の兄が亡くなり戦後間もない村にむなしさが展(ひろが)る。東京から田舎に入った時の正直な気持ちであろう。句集『百戸の谿』より。　昭和26年作

たましひのしづかにうつる菊見かな　蛇笏

菊花展での作。観覧者はまばらであったのではないか。じっくり菊の花に魅入って自らの魂と、菊の花の魂とが触れ合っているように思える。次から次へと色彩のちがう菊の花が整然と並び、芳香が会場に漂う。句集『山廬集（さんろしゅう）』より。　大正4年作

巫女（かんなぎ）のひとりは八重歯菊日和　龍太

何人かの巫女（みこ）が昼の休暇を社務所の前に並べてある菊を観（み）ているのではあるまいか。それも十代の清新な少女のようである。その中の一人の八重歯が可愛（かわい）く光る。あるいは、舞の最中であるかもしれない。句集『遅速（ちそく）』より。　昭和60年作

この秋や素盞鳴(すさのお)の裔(えい)土蜂(どばち)焼く　蛇笏

日本神話に登場する神々のなかで荒々しい神として知られている。甲斐の国八ケ岳山麓(さんろく)は土蜂が多く、秋になると広大な裾野(すその)を、巣に帰る蜂を追いかける。その人々が素盞鳴の末裔であるとの位置付けが斬新。句集『雪峡(せっきょう)』より。

昭和23年作

露の子にあつくやさしく曠野(こうや)の陽(ひ)　龍太

大地の草木に玉のような露の一粒一粒を、露の子と表現したことで読者の心をなごませる。果てしなく続く原野の露の子に太陽がやさしい輝きをなげかける。十月の暑さはまだ残っている、美しい光景である。句集『麓(ふもと)の人』より。

昭和36年作

かりがねに乳はる酒肆（しゅし）の婢（ひ）ありけり　　蛇笏

蛇笏初期の小説的傾向の作で、雁（かり）の渡ってくる季節の酒を専門に売る店の女性の乳房が張っていた。かりがねは雁の鳴く声だが、雁そのものもさす。この句の場合は雁の鳴く声が空を過ぎ、その下の女が仰ぐ。句集『山廬集（さんろしゅう）』より。　大正3年作

わが息のわが身に通ひ渡り鳥　　龍太

自句自解には大菩薩嶺の方から、鶫（つぐみ）か鶸（ひわ）の一群が渡って来たとある。リズム感のよろしさは、「わが息」「わが身」と重ねた表現によるものだろう。人間くさい作でありながら一度読むと忘れることのできない、秋のさわやかさが残る。句集『百戸の谿（たに）』より。　昭和26年作

山深く生きながらふる月の秋　蛇笏

この年蛇笏は六十九歳であるから、生きながらうは三人の子供を亡くした逆縁の気持ちから来たものであろう。それに月の秋といった仲秋の名月の清浄感による。この心境こそ季節感を土台とした俳句の俳句たるところ。句集『家郷（かきょう）の霧』より。

昭和29年作

少年の顔に竹伐（き）る音はしる　龍太

竹の春は十月下旬、葉も幹も緑がきわまる。この時季に竹を伐ると虫が入らないともいわれている。十月に入った竹のみずみずしさは少年の顔である。その顔に竹を伐る音がはしる新鮮さは美しい。句集『麓（ふもと）の人』より。

昭和37年作

秋の繭しろ〴〵枯れてもがれけり　蛇笏

養蚕の盛んなときは一年に五回も収繭した農家もあったが、普通では春・夏・秋の三回であった。真っ白く乾いた秋の繭を一つ一つ丁寧にもいでいく。枯れるは乾いていることで、繭の白さに秋の爽やかさがある。句集『山廬集』より。　昭和4年作

鉦叩元関取も老後にて　龍太

鉦叩は雄の鳴く声からその名があるという。小さな昆虫で鳴き声は澄んだ弱い音である。元関取であるから十両以上になった力士で、老後を故郷に帰ってきて暮らしているのであろう。鉦叩と元関取の老後に悲哀がよぎる。句集『山の木』より。　昭和49年作

雁仰ぐなみだごころをたれかしる　蛇笏

雁は霊鳥とされて彼岸からの魂を運ぶと古くから信じられていた。雁という言葉に何か悲しみが身にしみつくのもそのためか。蛇笏とて三人の子供を亡くした後の雁の隊列には、心の底から涙が湧く。誰も知らない悲しみの表情だ。句集『雪峡』より。

昭和24年作

茸山を淋しき顔の出て来たる　龍太

淋しき顔とはまさに言い得て妙という言葉である。いつも収穫のある茸山を目ざして一人して登ったが、収穫はなく森からひょっこり出てきたときの様子だ。淋しき顔でその時の茸の収穫が完璧に表現されている。句集『山の影』より。

昭和59年作

明月に馬盥をどり据わるかな　蛇笏

後の月は旧暦九月十三日の月を祭る。明月は旧暦八月十五日だが、何か後の名月の感じもする。馬盥は馬を洗うのに用いる大きな盥のこと。明月の光の中に馬盥の水を置くと、大揺れに波うってやがて静かに据わり、水に月が輝く。句集『山廬集』より。　大正10年作

句を選みゐる秋風のうしろ髪　龍太

父蛇笏の俳句を選している姿をうしろからとらえた作。後ろ髪は長く襟脚がかくれるほど。窓から入る秋風と、選に全神経をかたむける緊迫感がうかがえる。後ろにいる龍太にも気がつかず声をかけることができなかった。句集『百戸の谿』より。　昭和28年作

扇おくこころに百事新たなり　　蛇笏

扇置くは秋扇のことで秋意により扇を仕舞うことである。新涼の季節になりこれまで使っていた扇も不要となり、秋を迎えてのあれこれの思いが深まる。百事新たの言葉により新鮮な秋につつまれる。句集『雪峡（せっきょう）』より。

昭和25年作

紅茸（べにだけ）に子の唄声（うたごえ）の夜毎冴（さ）え　　龍太

子の唄声により何か彼の世を思っての感性の澄んだ作となっている。昼見た紅茸から夜になって亡き子の歌声が湧（わ）いてくる。しかも冴え冴えときこえてくる。紅茸のぬれた皮面の紅色の可愛（かわい）さは格別。句集『春の道』より。

昭和44年作

竈火赫とたゞ秋風の妻を見る　蛇笏

大正三年十一月号ホトトギス巻頭の中の作で「芋の露連山影を正しうす」と同じ号。竈の火は一家の生活の中心をなすもの。土間に秋風が通り過ぎると、竈の薪の火があおられ噴きだす。妻が秋風の中に溶け入っている。句集『山廬集』より。　大正3年作

蜂の子を炒る子に遠き秋の山　龍太

蜂の子を巣から抜き出して焙烙で炒って食べる。地蜂の巣であるなら何段にも蜂の子が入っている。勝手場の入口から秋の山がさんさんと輝いてみえる。秋の山で井伏鱒二の「スガレ追ひ」を思い出す。句集『今昔』より。　昭和54年作

白芙蓉秋は夫人の愁ふ瞳に　蛇笏

前書に「K—未亡人」とある。この夫人の瞳と白芙蓉に句境を感じての作。訪問をうけた未亡人は高貴な人妻。じっと白芙蓉を見つめている愁いある瞳に花の美しさと同じ感じをうけたのではあるまいか。句集『雪峡』より。

昭和25年作

夜の三味ひびきて柿の爛熟す　龍太

前年大阪方面の句友と遊んでいるのでその折の作ではなかろうか。夜に三味線の音がひびいてくる界隈の部屋で、窓を開けると柿がいまにも落ちそうに熟れていた。爛熟と三味線の間に感じたものを俳句にした。句集『童眸』より。

昭和30年作

農となつて郷国ひろし柿の秋　　蛇笏

一切の学業を捨て東京から帰ってきたのは明治四十二年蛇笏二十四歳のとき。大正三年のホトトギス雑詠巻頭三回の絶好調の年まで五年の年月がたつ。故郷に帰り農業を継ぎ大地に即して、柿の色づく秋を満面に浴びる。句集『山廬集（さんろしゅう）』より。

大正3年作

青竹が熟柿（じゅくし）のどれにでも届く　　龍太

裏庭の真竹の藪（やぶ）から青竹を切って熟柿をもぐ。その竹の先端を裂いて柿を落とさないようにする。平凡を怖（おそ）れて自分を偽ってはいけないと自戒して作った一句であることを、自句自解の中で書いている。句集『百戸の谿（たに）』より。

昭和28年作

帰還兵のせし老馬に四方(よも)の秋　蛇笏

前書に「傷兵帰還」とあるように、脚かどこかに負傷した兵士が故郷に帰ってきたのを駅まで馬で迎えにいったのだ。村には老馬しか残っていない。元気な若い馬は軍隊に行ってしまったからだ。馬の上で眺める四方の秋も老馬に添って淋(さび)しい。句集『山響集(こだましゅう)』より。

昭和14年作

新雪に何か声澄むさるをがせ　龍太

前書に「夜叉神峠」とある。南アルプスの野呂川林道の隧道(ずいどう)が開いて間もない白根三山の眺望できる所に、飯野燦雨の案内で飯田蛇笏・龍太・秀實の三代に立っていただいた。さるおがせとは霧深い高山の老木につく苔(こけ)で白く長く垂れる。句集『童眸(どうぼう)』より。

昭和31年作

みすゞかる信濃をとめに茸（たけ）問はな　蛇笏

みすずかるは信濃にかかる枕詞（まくらことば）。茸（きのこ）のことは地元信濃の乙女にきいてみたらどうか。茸狩りにきても、山系が異なると茸の種類も違い食用か毒かの区別は、その土地の人にきくのがいいだろう。信濃乙女に詩情がわく。句集『山響集（こだましゅう）』より。

昭和14年作

茸（きのこ）にほへばつつましき故郷あり　龍太

夏に雨が多い年は茸の当たり年だという。境川・小黒坂の家から外に出ると、どこからとなく茸の湿ったにおいがしてくる。故郷が茸のにおいのようにつつましやかに感じられた、とは山峡住まいの人でなければ得られない。句集『山の木』より。

昭和49年作

夜を寒み座にねむりては句を選む　蛇笏

夜の寒さも深むころになると、俳句の選も大変である。机の前に正座して一枚一枚丹念に選をする。夜半になると選の間にその場で仮眠をとって再び選に入る。夜も更けて選者のきびしい宿命が感じられる。句集『家郷（かきょう）の霧』より。

昭和27年作

研師来るさくら紅葉の信濃より　龍太

今もときどき刃物の研師がくる。鋏（はさみ）や包丁類などが持ち込まれる。隣県の長野はもうさくら紅葉の季節で農も一段落したころだ。研師の来る季節感がさくら紅葉によって鮮明に見えてくる作。句集『今昔（こんじゃく）』より。

昭和54年作

諸(いも)掘(ほ)りの小(こ)童(わっぱ)のせて片(かた)畚(もっこ)　蛇笏

畚はなわを編みひもをつけ天秤棒(てんびんぼう)で土石や農産物などを運ぶ道具。片畚はその一つで、甘藷(さつまいも)を掘りに幼子(おさなご)を畚に入れてかついで行く。小童・片畚といった風土色強い言葉を俳句に入れ完璧(かんぺき)に秋の農村風景を描く。句集『山響集(こだましゅう)』より。

昭和12年作

新米といふよろこびのかすかなり　龍太

かつては新米は神に捧(ささ)げ農民が新米を食べる日は新嘗祭(にいなめさい)。現代の勤労感謝の日で十一月二十三日。かすかな喜びをかみしめながら、新米の味をとっぷりと楽しむ。現在は新米が早く市場に出回って、新嘗祭前に口にする。句集『百戸の谿(たに)』より。

昭和28年作

夜々むすぶ夢の哀艶きくまくら　蛇笏

前書に「なにがしの粋夫人、自園の菊花をとりためて菊枕といふものをしつらへ、はる〴〵贈りきたる。すなはちその情を感じ菊枕の句を作る」。菊枕のほのかな香りが眠りを深めていくのではないか。句集『家郷の霧』より。

昭和27年作

母逝きしのちの肌着の月明り　龍太

前書に「十月二十七日母死去十句」とあるなかの一句。肌着の存在感にこの句のすべてがあるように思えた。母の亡くなった後に、きちんと揃えられた肌着におりからの月の光がさしている。悲しみが月光で深くなる。句集『忘音』より。

昭和40年作

花蓼（はなたで）のつゆに小固き草鞋（わらじ）の緒　　蛇笏

前書に「神嘗祭（かんなめさい）の日、雲母同人数名突然山廬（さんろ）を訪れ、茸狩（たけがり）に誘ふ、即ち同行す」。この茸狩（きのこが）りは甲府の俳人たちで、案内役は飯田龍太。蓼の花は種類が多く秋の野草の代表的な存在。山に登るので露に濡（ぬ）れた草鞋の緒を強く締める。句集『春蘭（しゅんらん）』より。

昭和19年作

生前も死後もつめたき箒（ほうき）の柄　　龍太

「十月二十七日母死去十句」の前書あり。生前に母がよく使っていた竹箒は龍太の手製のもの。いまその箒の柄を握り生前の母を偲（しの）ぶ。箒の柄の冷たさは生前も死後も同じであり、母のいない悲しみがどっと寄せてくる。句集『忘音（ぼうおん）』より。

昭和40年作

菜蒔(なま)きにも髪ゆひあふや賤(しず)が妻　　蛇笏

賤は身分の低い者などに使われる古い言葉。菜を蒔く時でも髪をきれいに結ってから畑に出る。人目についても身分をかくすのであろうか。昔の日本のあり方への鋭い眼(め)のやりどころでいたわりの心が感じられる。句集『山廬集(さんろしゅう)』より。

大正8年作

湯のなかの二言三言露めく日　　龍太

前書に「九州えびの高原」とある。宮崎市の俳句大会があり、鬼塚梵丹一行に案内されて宮崎交通経営の保養所に句会終了後に入った。静かな保養地で温泉も二人きり。夜は電気を消すと野生鹿(やせいじか)が窓近くまできた。句集『涼夜(りょうや)』より。

昭和50年作

仏壇（ぶつだん）や夜寒のおとろふる　蛇笏

十月も終わりに近くなると日暮れ時には寒さが迫ってくる。部屋の仏壇にしみている線香のかおりも夜寒のなかで衰えてきたように思える。晩秋の夜の寒さに仏壇の香の衰えは、霊的な表現の一端とも感じられた。句集『山廬集（さんろしゅう）』より。　昭和5年作

山碧（あお）く冷えてころりと死ぬ故郷　龍太

冷ややかより冷えの方が人間にかかわる度合いが濃いように感じた。晩秋の澄んだ空に山はまだ碧い。自分自身をはじめ故郷もこの静寂さのなかで、ころりと死ぬことができるように思えた。秋のよく晴れた爽涼感（そうりょうかん）の印象。句集『麓の人（ふもとのひと）』より。　昭和35年作

露さむや娘（こ）がほそ腰の力業　蛇笏

力仕事をしている露いっぱいの寒さのなかで、若い娘の細腰が驚くばかりの力技を出している。そんな力はないと思われる娘の作業がぱきぱきと片付いていく。娘の細腰の把握に俳句のだいご味がある。句集『山響集（こだましゅう）』より。

昭和12年作

麦蒔（ま）くや嶺（ね）の秋雪を審（さば）きとし　龍太

現在は麦の栽培は見られなくなったが終戦前後の麦作は稲の裏作としてどこの農家でも作っていた。小麦は十月から十一月中旬まで、大麦は十月に種蒔きをした。四方を高山に囲まれる山梨では嶺に降る秋の雪の量で麦の豊作不作を予見した。句集『百戸の谿（たに）』より。

昭和28年作

夜を覚めてこころしんじつ秋の闇（やみ）　蛇笏

夜中にふと目覚めるとあたりは真っ暗闇である。その闇の中で自分の心境を考えると、まったくこの闇の暗さと同じであると。昭和二十二年の作であるから長男の戦死は確定し三男は消息不明で翌年戦死の公報が入る。句集『雪峡（せっきょう）』より。

昭和22年作

草紅葉骨（こっ）壺（つぼ）は極小がよし　龍太

草も紅葉が深くなり火葬場のあたりをつつんでいる。焼きあがった骨を親族によって真っ白な壺に移す。その壺も模様などない小さなものの方が悲しみがわき、死者への思いが深くなるのではあるまいか。句集『遅速（ちそく）』より。

昭和60年作

命終ふものに詩もなく冬来る　蛇笏

蛇笏俳句の初期にはこうした主観の強い作品を見たが、晩年には少なくなっている句であろう。表現された通りの作であるが何か身につまされるものがある。死ぬことによって詩心は消え、冬の季節だけがのこる。句集『家郷（かきょう）の霧』より。

昭和29年作

二三匹菜虫をつまみ文化の日　龍太

文化の日と白菜の青虫をつまみとっている二つのまったく違ったものの取り合わせが、見事に余情をのこす俳句になっている。菜の青虫をとるときのことを考えると、まったく無心で向き合っている。そんなとき、今日は文化の日だと思う。句集『遅速（ちそく）』より。

昭和60年作

鞘払ふ刃に短日のひゞくさま　蛇笏

鞘のある刀であるから日本刀か懐剣のようなものではあるまいか。十一月に入り日の短くなった陽にかざした刀の輝きが、ひびくようなきらめきで反射した。この「ひゞくさま」の把握に蛇笏俳句の真髄がある。句集『家郷の霧』より。

昭和27年作

墓に入る道にも冬の迫るなり　龍太

墓地に入っていく細い道の両側の草も枯れはじめ冬の迫ってくる感じをひしひしと胸にする。墓の西には南アルプスの山並みの頂が雪をかむり、冬の位につきつつある。墓に入る道が境川・小黒坂であることを前提にした鑑賞。句集『涼夜』より。

昭和50年作

冬山に僧も狩られし博奕（ばくち）かな　　蛇笏

大正三年の作であるから九十年前ということになる。このころ冬閑期には花札博奕などが流行した。山寺で博奕の開張があったのを警察に逮捕されてしまった。「僧も狩られ」の事実の重さが俳諧性となっている。句集『山廬集（さんろしゅう）』より。

大正3年作

ままかりの酢の香これまた小春かな　　龍太

ままかりは岡山地方の名産で小魚を甘酢に漬けたもの。一説には御飯（まま）を借りても食べる美味なもの。小春日和は十一月上中旬の風のない暖かいおだやかな日。ままかりの酢の香と小春の日が溶けて安堵（あんど）の一日が表現される。句集『遅速（ちそく）』より。

昭和61年作

はつ冬や我が子持ちそむ筆硯　蛇笏

大正十四年の作であるから龍太五歳、三男麗三は八歳。してみると対象となっているのは龍太のように思える。墨書の筆を持ちそめた、という表現は五歳の子が適当であり、初冬の豊かな日が机の前まで差している。句集『山廬集』より。

大正14年作

冬に入る子のある家もなき家も　龍太

もう秋も終わり冬に入っていく感慨の中に身をおき、わが家の子供のことを思う。子供の声はときにうるさいこともあるが、家に温かさをもたらせる。しかし、立冬の日は子がある家もない家も同じに冬に入る。句集『山の影』より。

昭和56年作

空は北風（ならい）地にはりつきて監獄署　蛇笏

北風のことをナラヒと表現して句の内容に沿うようにしている。監獄署の塀から内部には何が建っているかわからない。監獄署が土についていているような感じだ。冬の風の吹きさらしがことに厳しくする。句集『山廬集（さんろしゅう）』より。

大正10年作

猪（いのしし）の腹割いてゐる樅（もみ）の下　龍太

猪が最近増加している情報をきく。畑荒らしがはげしくなり人にも被害がおよぶ。猟師が射止めた猪を樅の木の日陰で腹を割いて解体している。人間と猪の戦いのようでもあるが肉は味噌煮（みそに）で食べると美味。句集『遅速（ちそく）』より。

平成元年作

冬に入る炉につみ焚(た)くや古草鞋(ふるわらじ)　蛇笏

富士山八合目の宿舎はもう閉めて下山しているので、炉端に積んだ古草鞋を焚いているのは、御師(おし)の家。冬に入り富士登山道を清め集めた古草鞋と、宿泊者のものとであろう。前書に「富士宿舎」とある。句集『山廬集(さんろしゅう)』より。

明治39年作

ひといつかうしろを忘れ小六月　龍太

小六月も小春も陰暦十月の異称。立冬を過ぎると春のような温かい無風の晴れた日が続く。それが小春、小六月で、そんな暮らしよい季節になると、人はいつか初心のころを忘れ今の自分のことだけを考えてしまう。句集『遅速(ちそく)』より。

昭和61年作

冬山や寺に薪(まき)割る奥は雪　　蛇笏

冬の山寺にもいよいよ寒さが迫り、薪を割り積んで冬越しの支度をする。軒という軒に積んだ薪からは新鮮な木の香が漂ってくる。雪が降ることによって冬がそこまできている寺の清浄感が表現されている。句集『山廬集(さんろしゅう)』より。

明治44年作

茶の花をときに伏眼(ふしめ)の香と思ふ　　龍太

見て俳句を作ることの大切さをしみじみ伝えてくる作。一般俳人では「伏目の花と思う」と表現してしまうだろうが、一歩、目を茶の花に近づけると、伏し目と感じられるのは花ではなく香りの方であることを知る。それが見るということである。句集『遅速(ちそく)』より。

平成元年作

冬ぬくく友愛をわがこころの灯　蛇笏

友人としての愛情をモットーに門下の誌友に接してきた。それは、自分の心に刻んだ信念でもあるのだ。冬の暖かい日がそんなことを思わせる。「雲母」誌友に対して弟子という言葉を蛇笏から聞いたことはない。句集『雪峡（せっきょう）』より。

昭和25年作

ともどもに月日はるけき小春かな　龍太

前書に「卒後五十周年、同窓諸友の求めに」とある。甲府中学（現甲府一高）を卒業した五十年を記念して作った句であり、焼き物の飾り皿にこの句が染めてあるのを見たことがある。友愛のこころをここにも見た。句集『遅速（ちそく）』より。

昭和63年作

文読んで烈火の怒り榾を焚く　蛇笏

二十代の蛇笏が手紙を読んでの怒りを伝えた作。囲炉裏の榾を焚き燃え上がる炎を見つめている。この時代の文人俳句には、ままこうした傾向の作が見られたが、烈火の如き怒りはすさまじい。句集『山廬集』より。

大正2年作

月寒く風呂のなかから老婆の手　龍太

一見不気味な作である。それは「月寒く」の季節感からきているのではあるまいか。広く意を問えば隣家の老婆の手とも考えられるが、この年の十月下旬、母菊乃が病没している。そんなことを考えると、この老婆は実母ではあるまいか。句集『忘音』より。

昭和40年作

遺児と寝て一と間森ンたる冬座敷　蛇笏

長男鵬生の戦死の公報が入ったのは昭和二十二年八月十六日、戦死したのは昭和十九年十二月二十二日レイテ島の戦であった。その遺児の幼子（おさなご）を抱いて寝た座敷は、深々と更けていき、なかなか眠れなかったのではあるまいか。句集『雪峡（せっきょう）』より。　昭和22年作

死者に会ふためのつめたき手を洗ふ　龍太

死の知らせを受け駆けつけて死者の顔の白布を外し、しげしげと見つめる。冬の冷たい水で手を洗い清めて死者に会ったのである。死の世界に入った人に会う儀礼として手を洗う。現世の水はあまりに冷たかった。句集『忘音（ぼうおん）』より。　昭和43年作

跫音もたてず悪友霜を来し　蛇笏

悪友とはいいながら蛇笏に身近な弟子のような気がする。甲府句会の幹部の皆さまではないだろうか。跫音もたてずの表現にそんなことが感じられる。虎山、洒蝶、雪彌、晩童などの面々ではあるまいか。句集『雪峡』より。

昭和25年作

返り花和蘭陀遠きゆゑ静か　龍太

オランダは江戸幕府が通商した西洋で唯一の国であった。日本が鎖国の時代にも戦火を交えることなく、むしろ文化面でも互いに援助しあっていたのではないか。それは国が遠く離れていたからであったと。句集『今昔』より。

昭和55年作

生涯をかけて色足袋すくはれず　蛇笏

前書に「SI卒然として逝去」とある。何か死んだSは女性と思える。色足袋は黒・紺・赤の色のついた足袋のこと。茶道、華道、料亭など色足袋をはいて出る女性はいない。生涯色足袋で働きづめの人の死の感慨。句集『家郷(かきょう)の霧』より。　昭和30年作

しぐる夜は乳房ふたつに涅槃(ねはん)の手　龍太

母菊乃は昭和四十年十月二十七日に逝去した。時雨の降る夜に一年前の母の死をしのぶ。二つの乳房の上に指を組み合わせて涅槃に入った手がおかれる。外は音もたてず時雨が降っており寒い夜が更けていく。句集『忘音(ぼうおん)』より。　昭和41年作

赤貧にたへて髪梳くす霜夜かな　　蛇笏

九十年ほど前の作であるが日本の女性は強かった。赤貧に耐えても霜夜であっても髪を梳き、身だしなみを整えている。寒さの中でも女性としての身だしなみを心掛ける姿に感銘した。句集『山盧さんろ集しゅう』より。

大正4年作

亡き父母と幾夜へだたる古襖ふるぶすま　　龍太

父蛇笏は昭和三十七年十月三日、三年して母菊乃が昭和四十年十月二十七日に他界している。同じ十月であることに思いは深い。この古襖、何か鬼籍との境界のごとく固く、広い書斎と部屋を閉じている。句集『春の道』より。

昭和43年作

落葉ふんで人道念を全うす　蛇笏

道念は求道心であり俳句を求める思いでもある。裏の雑木山の落葉を踏んでいくと乾いた音が意外に大きい。人道念といっているが、完全にやりとおすことが全うすであるから、この道念は蛇笏自身の決意である。句集『山廬集』より。

大正4年作

手が見えて父が落葉の山歩く　龍太

裏山の楢、櫟の林の中を父蛇笏が歩いているのが見える。昭和三十五年の作であるから裏山には、素堂句碑は建立されており四阿もあった。裏庭から落葉する山はよく見え、父の手が見え隠れする。句集『麓の人』より。

昭和35年作

ノックしてまがある鉄扉(てっぴ)夜の凍(い)て　蛇笏

ノックという軽妙な言葉に対し、鉄扉という強いものを当てることで、寒い夜のノックの音に重量感が増す。昭和二十四年の作であるからアパート建築が盛んになったころである。句集『雪峡(せっきょう)』より。

昭和24年作

冬至湯の柚(ゆ)の香憑(つ)きたる思ひごと　龍太

柚子(ゆず)をいっぱい浮かべた冬至の日の湯に体を休めじっくり入っていると、ゆずの香が身につき、いろいろな思いや考えが浮かんでくる。今年の冬至は十二月二十一日、一カ月くらい先である。句集『山の影』より。

昭和59年作

神農祭聖(きよ)らなる燈(ひ)をかきたてぬ　蛇笏

神農祭は冬至の日に古代中国の医薬を司(つかさど)る神農を祭り祝うこと。日本では薬の神は少彦名神(すくなびこなのかみ)で「神農」として祭るようになった、と歳時記にある。医薬の神を祭り清らかな灯が勢いよくともった。神農祭は医薬にかかわる祭り。句集『山響集(こだましゅう)』より。

昭和14年作

しぐれ来るせめて薄暮の熱き粥(かゆ)　龍太

夕暮れどきに時雨が降ってきて身の回りも冷え冷えとしてくる。せめて熱い粥でも炊いて温まろうではないか、という句意。「せめて」という言葉にこの句の情感がこもり、薄明かりの残る夕暮れが美しくなる。句集『忘音(ぼうおん)』より。

昭和40年作

健康に霜がひらめく路鋲ふむ　蛇笏

都会の朝の景色である。点々とある路上の鋲に霜がきらめき光る。山村などでは見られない鋭い輝きに目を留め、その光のひらめきに健康を感じた。健康に蛇笏独特の詩の把握がある。句集『雪峡』より。

昭和24年作

翼干すごとし日向の老夫妻　龍太

溶けるような日向である小春日を思う。その下に老夫妻が空を仰いでいる。日本の一番よい季節である。その夫婦から翼がはえてくるように感じられた。翼干すごとし、は意表をつく言葉で驚く。句集『忘音』より。

昭和42年作

霜日和野心金輪際すてず　蛇笏

金輪際はどんなことがあってもない、断じてないのように強調する言葉で仏教用語という。霜の降った朝の光のなかで、大胆で新しい試みを俳句の上でしていこうという野心は捨てることのない蛇笏俳句の信条である。句集『雪峡（せっきょう）』より。

昭和25年作

霜の朝葬式にゆく園児達　龍太

こんな光景をときに見ることがある。幼稚園の子供たちが揃（そろ）いの園服で霜を踏み友の葬式に並んで行く。この園児の死に、かつてわが子純子の六歳の死があるので、こと更強く印象づけられたのではあるまいか。句集『春の道』より。

昭和44年作

冬の蠅（はえ）ほとけをさがす臥戸（ふしど）かな　　蛇笏

死に近くなった匂（にお）いに蠅が飛びはじめたのを見ての作。前書に「病中」とある。臥戸に死の匂いがして、冬の蠅が動きはじめたのをよく観察している。死と蠅の動きに敏感に反応しなければ作れない。句集『山廬集（さんろしゅう）』より。

昭和3年作

樹（き）の上に冬山眠り安寿の声　　龍太

安寿と厨子王の「山椒大夫」の物語は説経節の一つとして日本に伝わってきたものを、森鷗外がまとめて有名になった。物語の前半の安寿が厨子王を探し求めていく細々とした声と、樹の上の冬山の眠りが結びつく。句集『春の道』より。

昭和44年作

老ぼれて子のごとく抱くたんぽかな　蛇笏

三十七歳のときの俳句で、老いぼれているわけはないが、湯湯婆（ゆたんぽ）を子供のように抱いたときの印象だ。「たんぽ」は湯婆（ゆたんぽ）の傍題として歳時記にある。国語辞典では「湯湯婆」で歳時記には「湯婆」とある。句集『山廬集（さんろしゅう）』より。

大正11年作

落葉して眼鏡袂（たもと）に重き路（みち）　龍太

ぶらりと落葉の散るなかの散策であろう。気がつくと着物の袂に昨夜書斎で使った眼鏡が入っていることに気がついた。落葉のなかの散歩で袂の重さの発見が俳句となる。身近な観察が作句の上でいかに大切であるかを知らせる。句集『麓（ふもと）の人』より。

昭和39年作

愛情のほのぼのとある銀懐炉　蛇笏

寒さをしのぐための銀懐炉の温かさが体にほのぼのと伝わってくる。机に向かっての冬の仕事は年齢とともに懐炉は必要。愛情が温かさとともに感じられるのは家族の贈り物であるから。銀に蛇笏俳句の信実がある。句集『雪峡（せっきょう）』より。

昭和23年作

リヤカーの病者に冬日遍照す　龍太

戦後間もないころの作であるから、農山村では病人をリヤカーで運んだことがあった。遍照はあまねく照らすこと。急病人を医者に運ぶ手段のリヤカーに、冬日が遍照して神仏の加護がおよんでいるようである。句集『百戸の谿（たに）』より。

昭和28年作

蕎麦（そば）をうつ母に明（あこ）うす榾火（ほたび）かな　　蛇笏

母が自家製の蕎麦を打っている。慣れていないと蕎麦打ちはできないもの。台所の一隅で蕎麦を作っている手元を、囲炉裏（いろり）に木の切れ端をくべ明るくする。すでに冬の日はとっぷり暮れて夕闇（ゆうやみ）が迫ってくる。句集『山廬集（さんろしゅう）』より。

大正2年作

山の日が揺れて飯噴く霜の家　　龍太

小黒坂の朝の景とするのは、霜が強く降った寒さによる。山から朝日が揺れるようにのぼってくるのも一面の霜のため。釜から飯が噴きこぼれて、新米の炊けるにおいが家に充満する。寒い朝餉（あさげ）前の一コマ。句集『童眸（どうぼう）』より。

昭和33年作

炭売の娘(こ)のあつき手に触りけり　蛇笏

炭売りの代金を支払うために娘の手に触れ熱く感じたのではあるまいか。炭売りの娘は山を越えて冬の寒さの中を来たのだ。冷たい手で当たり前だが、そのとき触れた手は事実熱かった。それは炭売りの娘への思いやり。句集『山廬集(さんろしゅう)』より。　大正12年作

風寒し切長の目も薄暮にて　龍太

飯田龍太家の人は切れ長の目が多いように思う。作者も目じりが長く切れこんだ美しさがあり、自画像を作句したのかと感じられるほどである。たそがれの寒い風の中で切れ長の目に焦点をしぼっての作。句集『麓(ふもと)の人』より。　昭和36年作

極月（ごくげつ）やかたむけすつる桝（ます）のちり　蛇笏

極月は十二月の異称。師走に入り順に掃除をしているのであろう。米を量る一升桝にたまっていたちりをかたむけて捨てた。極月という気ぜわしさのなかの桝の掃除は、小作人から受ける供米のためか。句集『山廬集（さんろしゅう）』より。

昭和6年作

新しき石鹼（せっけん）の香も師走かな　龍太

十二月も十日を過ぎると師走という言葉があてはまる。新しい石鹼の香りがいままで使っていたものとは違い、すっきりした香りである。洗面所か風呂場であろうかせんさくしてみたくなるが、風呂場の方が香りがこもる。句集『山の影』より。

昭和59年作

鞴火のころげあるきて霜夜かな　　蛇笏

金属の精錬に用いる送風器が鞴で、昔の鍛冶屋に手押しのものがあった。炭や石炭に鞴の風を送り鉄製品を真っ赤に焼いて精錬した。そのコークスなどの上を青白い火の玉が転げる、霜夜の不思議な現象に目をみはる。句集『霊芝』より。

昭和10年作

百姓のおどけ走りに雪嶺湧く　　龍太

昼休みに家へ帰る農夫であろうか。笑わせるようなふざけた走りをしている。彼方には雪で白くなった高嶺がわきでて見える。この時代の農村は景気がよく後継者を心配することもなかった。おどけ走りにわが代の春がある。句集『童眸』より。

昭和33年作

空林の霜に人生縷の如し　蛇笏

空林の霜、という措辞に見事な自然の把握がある。空林は木の葉が落ちて人の気配もない林。霜が真っ白に降った落葉の林を行くと、わが人生も糸のように細いものだと感じる。そこには逆縁の悲しみがある。句集『家郷の霧』より。

昭和28年作

日短し五慾のうちの四慾枯れ　龍太

五欲にもいろいろな説があるようだが、財欲、色欲、飲食欲、名欲、睡眠欲と五つの欲を唱える場合がある。この五欲の中の四欲が枯れてしまい残っているのは一つの欲だけ。さて何の欲であろうか。句集『今昔』より。

昭和54年作

凍(い)てし土大釜磨き干されけり　蛇笏

飯田家は旧家であるので大きな釜が幾つかある。この句の大釜は味噌(みそ)作り用のもの。自家製の味噌を一軒の家でつくり凍った土の上に大釜が磨き干されている。大豆の収穫、味噌作りと季節感がぴんとある。句集『雪峡(せっきょう)』より。

昭和26年作

村々を眺めて叩(たた)く冬布団　龍太

百戸の家を眺められる場所に布団が干されてあり、午後の日の短いなかで布団を叩く音がする。何か憎しみがこもる高い音は嫁さんで、静かに大事に叩くのは姑(しゅうとめ)さんと布団を叩く音で分かる。冬日がいっぱいさす静かな山峡。句集『春の道』より。

昭和44年作

雪晴れてわが冬帽の蒼（あお）さかな　蛇笏

雪が晴れて冬帽子をかむって外出する。大正期の作であるから紳士は三つ揃（ぞろ）いの洋服に帽子が流行していたようだ。この帽子の蒼さは草の青黒色をさすが、雪晴れの太陽の下で黒色の中折れが蒼く輝いたのかもしれない。句集『山廬集（さんろしゅう）』より。　大正4年作

夜の北風（きた）はこの世にえにしなきこゑか　龍太

前書に「八十余歳の老父母を遺し従弟急逝」とある。夜の北風の音はこの世に縁者のないような悲しみのどん底の声をあげて吹いていると感じた。叔父叔母が年とって遺され励ましの言葉すら北風に消えていく。句集『山の影』より。　昭和56年作

谷川に幣（ぬさ）のながる丶師走かな　蛇笏

幣は神にいのるおはらいのとき使う白紙で作ったごへい。今年も残り少なくなった裏の谷川に白々と幣が流れてきた。師走の掃除によるものか、上流に何か神事があったのか。澄んだ谷川に真っ白の幣が流れていく。句集『山廬集（さんろしゅう）』より。

昭和2年作

兄逝くや空の感情日日に冬　龍太

前書に「つづいて三兄外蒙古アモグロン収容所にて戦病死の公報」とある。この句の前に「昭和二十二年九月、長兄鵬生レイテ島に戦死の公報あり」の前書の作がある。続いては二人の兄の死の公報。空は日に日に冬が深まる。句集『百戸の谿（たに）』より。

昭和23年作

うつくしき僧の娘(こ)二人除夜の炉に　蛇笏

前書に「身延山山坊」とあるので除夜の鐘を身延山まで聴きにいったのだ。山坊の炉に僧の二人の娘が接待している。どちらも美人で除夜の身延山が華やぐようであった。うつくしきに万感の思いがこもる。句集『家郷(かきょう)の霧』より。

昭和28年作

花曇

暑い日。「四季の一句」の連載をお願いに、南アルプス市の福田甲子雄先生のご自宅に伺った。汗だくになって庭の草取りをしていた先生は、玄関脇に植えてある飯田龍太先生が育てた鹿児島紅梅の前で、「この花がいいんだよね」と言いながら汗をぬぐった。

　作品の選択、解説の文字数など、新聞連載の体裁について細かく打ち合わせたが、あくまでも蛇笏・龍太先生の作品に限り、できるかぎり多くの読者に味わっていただくことを主眼としたいということだった。山梨日日新聞文化欄で連載が始まったのは平成十一年一月五日からだが、第一部は『蛇笏・龍太の山河』として四百八十九句、第二部は『蛇笏・龍太の旅心』として四百九十三句を収め、いずれも「山日ライブラリー」として出版した。第三部の『蛇笏・龍太の希求』は平成十五年七月一日から連載を開始し、絶筆となった十六年十一月三十日までの三百五十三句を収録した。

　連載の原稿は万年筆の几帳面な文字で、きちんと締め切りを守られた。思い切った解説というよりもあくまでも鑑賞の手引きとして、蛇笏・龍太作品の伝道師のような役割を果たされた。それこそが福田先生の姿勢に思われた。
残暑の日。病院をおたずねすると「四季の一句は休むわけにはいかない」と手術後にもかかわらず、ペンを持たれていた。まもなく、中断。まだまだ書き残しているという中断だった。多くの人の願いもむなしく、不帰の人となられた。
通夜の日。南アルプス市の玄関口でもある開国橋から望む富士山。残雪を照らす光がとりわけ美しかった。お別れの斎場に自筆の句が掲げてあった。

ふるさとの土に溶けゆく花曇

『山河』『旅心』『希求』の三部作は蛇笏・龍太作品の研究者としての遺作でもある。改めて福田先生のご冥福をお祈りし、関係各位のご協力に感謝申し上げる。

（信田一信）

■著者略歴

福田　甲子雄　ふくだ・きねお

俳人。昭和2年、山梨県飯野生まれ。22年より俳誌「雲母」に拠って作句をはじめ、飯田蛇笏・龍太父子に師事。38年から平成4年の終刊まで同誌の編集同人をつとめ、現在「白露」同人。その間、昭和46年には第五回山廬賞を受賞。また平成14年には第26回野口賞（芸術・文化部門）を、16年には第38回蛇笏賞を受賞した。句集に『藁火』（雲母社）『青蟬』（牧羊社）『白根山麓』（角川書店）『山の風』（富士見書房）『盆地の灯』（角川書店）『草風』（花神社）『師の掌』（角川書店）、評論・鑑賞に『飯田龍太』（立風書房）『龍太俳句365日』（梅里書房）『飯田蛇笏』（蝸牛社）『飯田龍太の四季』（富士見書房）『蛇笏・龍太の旅心』『蛇笏・龍太の希求』（以上、山梨日日新聞社）『忘れられない名句』（毎日新聞社）、入門書に『肌を通して覚える俳句』（朝日新聞社）など。平成17年4月、死去。

蛇笏・龍太の希求　四季の一句

2005年8月1日　第1刷発行
2009年8月31日　第2刷発行

編著者　福田　甲子雄
発　行　山梨日日新聞社

〒400-8515　甲府市北口二丁目6-10
TEL　055-231-3105

ISBN978-4-89710-718-9

定価はカバーに表示してあります。